시,
최
민

崔旻 詩

시, 최민

열화당

일러두기

- 이 책은 시집 『상실(喪失)』(1975), 『어느날 꿈에』(2005)와
  미발표 시(2012-2015)를 모은 최민의 시 전집이다.

- 『상실』은 저자 생전의 마지막 판본인 2006년 판을
  저본으로 삼되, 일부 오류는 이전 판본을 참고해
  수정했다. 미발표 시는, 내용이 상당히 중복되어 제외한
  것 외에는, 작가의 초고 그대로를 존중했다.

- 현행 맞춤법과 표기법 규정을 따르되, 방언이나 시적
  표현 등은 그대로 두었다. 원문의 한자는 한글로 바꾸고
  필요한 곳에 병기했다.

차례

상실

서시(序詩)

그대 눈 속 깊이 타는 불
아주 조그만 꽃이파리 하나
뒤틀리며 불꽃이 되는 아픔 같은
숨어 버린 넋의 안쓰러움
스스로를 사랑하기에는 거칠고
그대 껴안아 바라보기는 외로워라

나의 조각(彫刻)

나는 한 토막의 마른 나무를
깎아낸다 깎고 싶어서 그냥 깎는다
그러다가
겨울의 흰 들판 위에
꼿꼿이 서 있는
커다란 나무들을 생각한다
하늘로 퍼진 가지들을 생각한다
구태여 내 존재라는 것도
한참 생각한다
흐린 땅 위의 나무 그림자
나는 없다
갑자기
동상에 걸린 발구락들이
내 보이지 않는 존재를

가렵게
끌어당긴다 나는
나의 무게를 갖는다
발구락 새를 비비면서
내 소유를 확인하고
비로소 내가 아닌 나를 깎기 시작한다
옹이처럼
끈적끈적한 상처들이 드러난다
그것들을 나는
시간이라고 부른다
그리고
끙끙 앓으며
나 혼자만의
기묘한 꿈 나무뿌리들이 뒤엉켜
피 흘리며 싸우는 허공을
발견한다

나는 모른다

길바닥에 주저앉아 우는 아이는
어디서 그 울음을 보상받을까
나는 모른다
내 귀청에는 울리지 않는 시끄러운 고함들이
공기를 가득 채우고 있는 것도 나는
모른다

간혹 먼 데서
비린내 나는 개 울음소리가 들려온다
그때
무언가 잡아 비틀고 싶어
스스로의 힘에
내 팔뚝이 경련해도 나는 그 이유를
알지 못한다

내 온몸에선 썩은 피 냄새가 난다
나는 맡지 못한다
여러 갈래의 내 시선은
움직이는 모든 걸 좇아 뿔뿔이
달아난다
나는 모른다

내 고아의 아들들은 한길 가운데
젖은 사금파리처럼 으깨져 버리고
내 평화의 지붕엔 희끗희끗
별이 엿보인다 언제나
나는 모른다 비열하게도
나는 모른다

나는 다 알고 있다
다 알고 있다
어떻게 흙이 패어 들어가고
바람이 왜 더러워지는가도 알고 있다
나 자신의 것 이외엔 모두
알고 있다

내 처녀의 딸들은 골목 어귀에서
비의 그림자를 만나 깔깔 웃는다
습기 찬 벽 아래 내 두 눈알은
이 빠진 술잔 속에
빠져 부서진다

잔치의 높은 언덕에선 여전히
늙지도 죽지도 않는 개들이 짖는다
나는 모른다 정말 모른다
내 무지 속에 섞여 있는
순진함조차 나는 모른다

비의 방(房)

두 개의 녹슨 창(窓) 가운데 그는 서 있다
앞뒤 두 개의 하늘은 제각기
다른 모양으로 공기를 잘라낸다 그는
아무 쪽에도 속해 있지 않다
양쪽으로 비가 내리기 때문이다

사각형의 회색 하늘 아래
회색 기와지붕과 회색
붉은 벽돌담 아래
불에 그슬린 철문 아래 회색
초록 회양목 아래
빗물은 홈통을 타고 아래로
흘러
떨어진다

지금 담배를 태우는
검푸른 입술의
그는 춥다

네모진 구멍으로 많은
지붕들이 들어온다 많은
굴뚝들이 연기를 토해낸다 그리고 많은
마루들과 미닫이들 유치장의
철창들이 열리고 닫힌다

달력이 한 장 찢어진다
시간들이 한꺼번에 몰켜
지나간다

하늘들이
은빛으로 신음하며
비가 그친다
홈통 끝마다 물방울들이 매달린다
잠깐 그는 외출하려고 서성댄다 그는
두 개의 하늘 가운데 끼워져 있다

광대

그 메마른 입술은 누구라도
칭찬하고 싶어 실룩거린다
절뚝거리던 다리는 기쁨에 놀라
기묘한 인형처럼 멈칫한다
그의 마음은 영화처럼 펼쳐진다
주인을 보았기 때문이다

배고픈 개들이 짖는다
단 하나의 뼈다귀를 냄새 맡고
불을 두려워하듯 두려워하며
뜨거운 혓바닥을 슬쩍 내어 민다
그림자의 무덤들 사이 사락사락
기름진 꽃들이 자라난다

포식하여 그는 마침내
눈부신 빛 속으로
찬사의 여울을 거슬러 올라간다
부두가 나온다 많은
하늘들이 열려져 있다
허나 그의 눈은 멀어 있다

저녁 식사 중의 확인

반대한다
내 두개골이 내 얼굴을 밀어내듯
거울 속에서 나는
반대한다

지금 살아
움실거리는 구데기들을 반대한다
황금의 죽통에 대가리들을
처박고 자기 새끼를 근심하듯
역사를 근심하는 돼지들을
반대한다

깨끗한 속옷들이 깔끔한
살을 꺼려하고

담벼락이 담벼락에
붙어 오르는 담장이를 미워하듯
빛은 빛을 거역하고 나는
나를 거역한다

초대받아
나는 떠난다
무(無)의 에테르 같은 부정(否定)의 여행을
떠난다

커다란 새벽의 방 바다의 창문
피 묻은 족보 거울 의자 들을
한꺼번에 싸서 입고
하나하나 단추를 채운다
이 모든 것을 잊기 위해
화려한 넥타이로 목을 졸라맨다

습격한다
존재하는 모든 어둠 속의
이빨들을 습격한다
온갖 무지 속의 박수 소리를

습격한다
나는

갑자기
유리창을 깨고 들어온 다섯 개의
힘센 손구락에
멱을 잡힌다

입신(立身)

약관 스물다섯에 나는 쩔쩔맨다
활주로같이 내 앞에 트인 이 길은
말라 있거나 젖어 있거나
죽음 저편에 닿아 있음이 분명하지만
내 벌건 두 발목은 지금
철책 밖으로 삐져나와 흔들거린다

땅 밑에서부터 바람이 분다
얄따란 내 바짓가랭이 속까지 스며들어
사타구니에서 창자를 타고
허파 속에서 맴돌다 굳어 버린다
음양의 이치도 알지 못하면서
허무의 그림자를 말 타고 있는 나

스물다섯 지나선 무얼 할 건가
보이지 않는 얼굴들이 나를 사로잡고
허기에 진 눈동자들이 나를 옭아맨다
때로는 요령 좋은 글귀나 써서
죽은 놈의 이름이나 팔아먹고
때로는 권세 좋은 친구나 사귀어
취하지 않는 술이나 얻어먹겠지만

쥐새끼들이 대낮에 쥐새끼들을 공격하고
문제점이 대로(大路)에서 문제점을 가로지른다
신문지가 두 귀를 틀어막고
테레비가 두 눈을 가로막고
문화영화가 무딘 사상을 짓누른다
밀정들이 득실거리는 거리에
플래카드가 세월에 가담하고
변소간을 뒤엎고 빌딩들이
거짓말처럼 기운차게 솟아오른다

출세가도에 서서 발돋움하고
금빛 가파른 언덕을 겨눠 보며
숨 쉬고 있다 허나

숨구멍들이 숨 쉬는 나를
허덕이게 한다
우러라 우러라 새여
내 진창의 하늘이 빛난다

배화(拜火)

불을 바라봄으로 나는
축축한 나뭇등걸이 되었고
불꽃들의 부름에 끌려 큰 가지들이
흔들리기 시작했다 흔들리며
살아 떨고 있는 짐승이 되었고
불을 그리워하며 두려워했다

커다란 누이가 다가왔다 다가
와선 춤추는 허리를 놀려 내 몸을
타고 도망갔다 그때 나는
텅 비인 겨울 마당 너머 해와
달의 숨바꼭질을 보며
졸고 있는 조그만 나무

갑자기 이승의 대문이 떠밀려지고
바다가 엿보였다

스스로의 낯설음에 놀라
내 안의 침묵은 불꽃도 없이
흰 연기를 뿜어냈다 나는
시간의 궤도 밖으로 굴러 나갔다
내 기억은 그래서
시간보다 더 빨리 생겨나고
내 혀는 여러 족속들의
알 수 없는 주문(呪文)들을 외우며

나는 밤이었으므로 내
그림자는 나를 찾지 못하고
태어나지 않았으므로
잠들지 않으리라 그러나
불을 바라봄으로
불꽃들의 부름에 살아 살아나

구애(求愛)

네 엉덩이는 두 개의 공처럼 팽팽하고
네 허리는 매끄러운 갈색 안장이다
야생의 네 눈빛을 받아
내 눈시울이 둥그렇게 펴진다
그래서 나는 네가 좋아진다
그래서 네가 좋다고 고백한다

탐욕의 네 입술은 살짝 벌어진다
네 얼굴은 벌레 먹은 사과처럼
흰 이들을 내보인다 네 두 다리는
여러 빛깔들의 무게를 받치느라 꼿꼿하다

서투르게 나는 다른 이야기들을 끄집어낸다
반란과 피난의 하늘에 대해

보이지 않는 벽의 두께에 관해 지껄인다
가끔 우리 둘의 가난한 지붕을 걱정하기도 한다

너는 그렇다고 한다
너는 아니라고 한다
너는 나를 싫어하기 시작한다

마침내 나는 초라한 혁명을 결심한다
크고 작은 여러 개의 부드러운 공과
밤과 밤의 틈바구니를 쏘아 맞추기 위해
지금 너는 곤히 잠들어 있다
내 흔들리는 꿈은 네 잠 속에 겹쳐 들어가
네 입술 위 반짝이는 물기를 훔쳐낸다

환멸

이제 기진한 네 몸을 뉘어
무너져 내릴 듯한 벽 아래 쉬게 해라
네 눈알은 텅 비어
아무 소리도 지르지 않는다
수천 개의 종(鐘)들은 모두
네 혓바닥처럼 죽어 있다

허나 끈끈한 네 숨길이 아직 살아
자꾸 지껄이고 싶어 하면
팔랑거리는 작은 불꽃들은
밤의 시체 밑으로 숨겨 놓고
침묵의 긴 참호 속에 기대앉혀
혼자 부질없는 이야기래도 시키렴

어느 날 어느 땐가
너를 깜짝 놀라게 했던
일그러진 가혹한 웃음이라든가
죽은 새의 부리 속의 구데기들 혹은
인파 사이 흔들리는 공지(空地)에서
덧없었던 우리들의 만남에 대해서

갑자기 네 둥그레진 눈 속으로
흰 재(灰)의 문이 열린다
이내 떨리면서 닫히는 그 동굴 안으로
수줍은 짐승들이 달아난다
가라 네 이름을 말하지 말고
가라 네 그림자는 버려두고

습한 웅덩이들은 모두 불타오르고
잔인한 가지들은 아직 자란다
독주(毒酒)는 독주대로 익어가고
샘물은 샘물대로 솟아 나온다
이제 기진한 네 몸을 잠깐
무너져 내릴 듯한 벽 아래 쉬게 해라

성년(成年)의 봄

나는 듣고 있다 네 배 위에 한쪽 귀를 대고
자궁 속에서 들끓는 욕망의 소음들을
자라나는 넝쿨들의 요란스러움을 엿듣는다
그러다가 스물여섯의 나를 돌아본다

잠자는 네 얼굴에서 죽음을 들춰낼 만치
어느새 나는 다 커 버렸다 들뜬
계절의 소용돌이 속에 남몰래 고향을
뒷간에다 버리고 침을 뱉었다

공기가 없는 데서 담배를 피워대는 입술
더러운 심장을 걸레로 닦아내는 손구락들
이 지옥에서 잘도 자랐구나 내 생명은
지금 살아 뛰어다니고 있는 건가

저주에 젖어 굵어진 어린 갈비뼈들
부드러운 혀마저 독수(毒水)에 닿아 단련되었다
웅덩이 속 웅웅대는 소리에 사나워진 두 귀
겨드랑이에서 소곤거리는 네 목소리를 듣지
　　못하고

이제는 무덤에 가도 수많은 넋의
울음소리가 보이지 않는다 보이지 않아
광기(狂氣)의 밑바닥 바작바작 타 들어가는 모래
아직 곤혹(困惑)의 문지방을 태워 버리지 못하고

봄이 오고 겨울 가을이 사라지고
두엄 속에서 새하얀 싹들이 칼날을 갈고
녹아 부서져 온 강물을 뒤덮고 떠내려가는
얼음 조각들 얼음 조각 위의 자유여

타오르는 불이여 그것은 순수히
펄럭이는 불길이 아니다 잔가지들
이파리들 구데기들 희미한 비명들이 뒤섞여
크게 타오른다

매립(埋立)

지금 덜걱거리며 달려 나가고 있는 감옥의 창밖을 통해 구름과 뒤섞여 커다란 소용돌이를 이루며 먼 데서부터 다가오고 있는 낮은 언덕들의 느릿느릿한 이동을 나는 배운다 뻘건 흙 가운데 바람에 쫓기는 보리밭들이 새파랗다

　벌써 여러 번 나는 빈 창고들 화차들 고철더미 사이를 겁 먹은 듯 뚫고 지나왔다 곳곳에 얼마나 많은 녹슨 쇳조각들 쓰레기들이 살아 있어 무덤들처럼 알 수 없는 비명들을 지르고 있었던가 소리치는 다리 위를 지난다 신기루처럼 젖어 있는 들이 나온다 반짝이는 트럭 주위에서 사람들이 움직인다 시꺼먼 웅덩이 속에 부지런히 흙을 메워 넣고 있다

　얼마 후 성냥갑 같은 집들이 여기저기 들어

서리라 지금 달리고 있으므로 그들 이마 위 부서
져 내리는 땀방울들을 나는 볼 수 없다 분명하게
생각할 수조차 없다 그들을 보고 웃으면 그들은
얼마나 나를 경멸할 건가 터널로 치달리고 있는
내 욕망으로부터 그들의 어두운 모습은 점점 빠
르게 뒤떨어져 나가고 있기 때문이다 어쩌면 꿈
꾸다가 이야기를 들으리라 쉴 새 없는 긴장이 두
터운 암반을 뚫고 나와 밝게 빛나는 꿈을 허나
이미 흙빛 망막 속에 새카만 점들로 작아져 버리
는 그들을 계속 바라보는 것은 피곤한 일이다

또다시 내가 그들 앞에 지나가더라도 그들
은 변함없는 무표정으로 힐끗 돌아볼 게지만 그
들이 보는 것은 내 어린애 같은 부끄러움이 아니
라 이 도망치고 있는 유리창들마다 삐죽삐죽 나
와 있는 해쓱한 얼굴들의 환영(幻影)일 뿐 지금은
벌써 멀리멀리 밀려 나가 배경 속에 파묻혔다가
다시 나를 뒤쫓아오는 부스럼투성이 들판만이
있을 뿐 빈 창고들 화차들 고철더미 쓰레기 웅덩
이 들과 함께 그들도 보이지 않는다

출발

지금 떠날 건가 내게로 향해 나는 물어본다
그을은 문설주들이 내 덜미를 쏘아보고 있다
이제 남은 불씨들을 모두 쏟아 버리리라
저 건너 굶는 마을들을 마저 불태우려면

방금 내가 걸어 나온 골짜기에선
바람조차 소리조차 새어 나오지 않는다
다만 높다란 나무 꼭대기 새치처럼 죽은 가지들이
꺾여 푸른 웅뎅이 주위에 흩어졌을 뿐

그 엄청난 생장의 질서에 놀라 나는
울긋불긋 미련의 잎사귀들만 남겨 놓았다
이제 떠날 건가 발끝에 차이는 돌멩이를 보고
물어본다 피 묻은 내 그림자가

짓누르고 있어 그 돌은 대답할 수 없다

단호한 햇살이 내 등을 떠다민다
깊은 골짜기는 두 번 다시 나를 부르지 않으리라
뒤를 돌아다볼 수조차 없다 벌써
내 두 발은 말라 버린 바다 위에 헐벗고 있고
하늘은 구름 조각 배 하나 보여주지 않는다

바람

매일매일 내가 조금씩 죽어 가고 있다는 것을
나는 안다 귓바퀴 속에서
아득한 총소리들이 울려오고
나는 초조하게 조그만 흰 얼굴을 찾아 헤맨다
허나 산등성이에 게딱지처럼 엎드린
하꼬방 지붕들 그 틈바구니의 골목장에서
커다란 빌딩의 뒷길에까지 먼지 속의 분수가
육교 위에까지 의심쩍게 입을 다문
가면들하고나 부딪칠 뿐 그네들의 구린내 나는
입김이나 마셔야 하는 것이다 보이지 않는다
떠나기 위해 여행을 하고 잊어버리려고 연애를
하지만 내 목마름의 창문이 항상 불타고 있다
내가 스쳐 지나가는 이 번영의 도시 허나 내
눈앞에는 타다 남은 기둥들 타다 남은 간판들

빈 쓰레기통들만 남고 결국 나는 내 남루한
행장을 말라 버린 개천 자리 부서진 다리 아래
풀어 놓는다 흩어져 있는 돌들이 모두 나를
쳐다보고 있다 그들은 어디선가 빨리
미친개가 달려와 내 넓적다리를 물어뜯기를
기다리고 있는 것이다 그때까지는 움직이지
않으리라 도시의 통금시간이 가까워지고
시꺼먼 자동차들이 소음을 으깨면서 달려가면
나도 덩달아 몸을 일으켜 이빨을 드러내고
신음하리라 저 거리의 발걸음 소리 흩날리는
신문지 조각들 미끄러운 지하도의 계단 어둠
속에서 잉잉대는 전깃줄들 번쩍이는 유리창들
내 값싼 죽음을 기다리는 이 모든 것들을
저주하며 그러나 나는 피를 흘리며 죽지는
않으리라 다만 쓸쓸한 벌판 위 앙상한
나뭇가지에 허리가 걸려 조용히 머무를 뿐
그곳에는 하루살이 떼조차 모여들지 않는다

첫 수업

일곱 살 때 나는
가마니 속의 죽음을 보았다 지푸라기에
스며 있는 피 머리끝에서
잉잉대는 증오의 노래를 들었다

한겨울 피난학교 천막교실
줄지어 김 나는 우유죽을 기다릴 때
하늘 꼭대기에서
흰 새 떼들처럼
삐라들이 떨어져 내렸다

몹시 배가 고팠지만
굶어 죽는 짐승은 꿈속에서도 만나 보지 못했다
사변 전 나는

사과 상자 속에 숨은 왕자였고
열다섯 살 먹은 식모애가 내 아내였다
그러다가 죽음이 파편 조각이 되어
손바닥 위에 놓여 있는 걸 보았다

섬의 추수가 끝났어도
소풍 갈 데가 없었다 누우런 들판 사방에
허리 굽혀 이삭 줍는 그림자들이 깔려 있었다
새벽마다 또 애기를 밴 어머니는 동생을 업은 채
예배당에서 숨이 차서 돌아오고
나는 아버지의 얼굴을 쳐다보지 않았다

개펄을 바라보았다
겨울 거제도의 거무튀튀한 개펄
귀신같이 바람 부는 저녁 바다
나는 혼자였다

불꽃

단 하나의 불꽃만을 믿기 때문에 그는
타오르는 많은 모닥불들을 헤쳐 버린다
많은 나비 나뱅이 덤불 수많은 웅뎅이들이
그의 불꽃의 그림자에 모여 타 버린다

그래서 끝내 그는 하나의 벽만을
바라보겠다는 건가 한 번뿐인 그의 탄생이
한 여자의 어둠을 더듬어 껴안아 한순간의
몸짓으로 축축한 자궁의 서까래들을 뒤흔들고
결국 하나의 불씨만을 지키겠다는 건가

안타깝게 한 가지만을 생각함으로
마침내 그의 믿음의 모든 천장들이 스스로
무너져 내리는 것은 아닐까

크고 작은 바위들은 제각기
자기 혼자만의 태양을 기르고 있고
보이지 않는 바다들은 쉴 새 없이
폭풍의 하늘들을 부르고 있다

저녁 물기슭 자기 핏속의 알들을
뿌려 놓은 성숙한 물고기들
파헤쳐 뜨거운 습지 속을 파고들어 가는
나무뿌리 헤아릴 수 없는 나무뿌리들

단 하나의 불꽃 때문에 그는
살아 움직이는 모든 생명들을 돌아보지 않는다
허지만 그의 하나뿐인 영혼은
단지 하나의 불꽃 땜에 텅 비고
또 하나의 벽의 어두움 땜에 되살아나는 걸까

부랑(浮浪)

내가 돌아다닌 곳은 바다였다 비어 있는 바닥
말라 버린 개펄과 불타 버린 들의 바다
그 벌판 위 이파리가 하나도 없는
나뭇가지에 나는 내 허물을 벗어 걸었다

바람이 그 허물마저 씻어 가 버렸다
내가 잠들었던 구덩이마다 깨어
일어나 보면 무덤들이 새로 생겨 누워 있고
내 발걸음은 점점 가벼워져 갔다

나는 불그레한 공기를 노려본다
삼월 개펄의 슬픔 보이지 않는 노을을 본다
허나 길섶 돌멩이에 맺힌 이슬 위
맴도는 어두움이여 빛이여 나는 침몰해 간다

허물어져 내리는 산비탈 위 썰물의
바닷가 자갈밭 위에 빈 들판 한가운데
다만 쓸쓸히 머물러 있어도 내 몸은 변함없이
내 집 문간에 서 있는 거지일 뿐 없다 나는 없다

포옹

이 온전치 못한 사랑을 감싸기 위해
우리는 가끔 혁명을 이야기한다 잠든
도시 위로 번져 나가는 불길을 노래한다
소리치고 다닌다 알 수 없는 소리들을 소리치며

네 귀에 소근대는 내 혀가 굳어 뻣뻣하고
웃고 있는 네 이마도 메말라 딱딱하고
세종로를 걸어가는 우리들의 발목마저 삐걱삐걱
신음 소리를 낸다 가끔 미신의 꽃다발을 산다

떨리는 네 손길을 감당해낼 수 없구나
네 두 눈빛이 빨아들이는 먼지 속 흔들리는
사물들 속에 이따금 내 기쁨이 멎어 숨을 죽이고
가끔은 쓰러져서 거지의 넝마 자락에 기댄다

껴안는다 용서할 수조차 없는 모든 것을
등허리 뒤에 서린 공허마저 으스러지도록
썩어 가는 대지 위 바람이 일어 흙 속에서
만나 다시 살아난 팔들이 서로 껴안는다

서명(署名)

처음 교실에 들어갔을 때
왼손잡이였던 나는
흰 공책의 맨 첫 장에
자신만만하게
ㄱㄷ ㅓㄴㄷ ㅣㅎㅓㅁ 라고 써 넣었다
이쁜 여선생이
가는 회초리로 종아리를
때렸다
가나다라라고 쓰라면서
그 뒤부터 나는
진흙을 사랑했고
잿빛 축대 아래 옅은 바닷물 속
불가사리를 두려워했다
저주받았기 때문에 그때

53

울었다
지금 나는
오래 훈련받은 오른손으로
아주 자연스럽게
아주 정성껏
아주 서투르게
내 이름 두 자를 그려낸다

연옥(煉獄) 1970

실어 내오라 나의 병든 젊음이여
어둠 속에 캐낸 죄악의 응어리들
들것에라도 담아 실어 내오너라
번쩍번쩍 빛나는 거짓의 결정(結晶)들을

불길한 사연만 생겨나는 곳에
굳이 너는 굴을 팠다
바닥에 이르기까지
자갈과 뻘만 퍼내다 쓰러져 버린
목마름 스물다섯 살의 절망이여

나는 그림자
시커먼 바람으로 만들어져
이마가 없다 빛나는 눈알이

없다 소용돌이치는 뇌수가 없다 떨리는
콧구멍 입술 턱뼈만이 있을 뿐
번개에 찢긴 살갗조차 없다

부서진 길모퉁이를 지나간다
이 미치광이들의 도시 커다란 쓰레기통에
끼얹혀진 삶 자고
일어나고 발정하고 싸우고
더러는 죽고 더러는 살아서 악을 쓰는 지옥
수챗구멍을 통해 진창의 하늘들을
짓밟고 지나간다

변소간에서 새벽노을을 구경한다
먼지 위에 누워 구걸하며
땅 밑의 해골들이 우글거리는 소리를 듣는다
구걸하는 내 자신에게 또 구걸한다
이천 년 전의 기적이여 흰 옷자락이여
나를 못 본 체해다오
나는 벙어리
끝없는 싸움터 속에서 살아남아
지금 밤을 꿰뚫고 가는 살점

비명이다
이제 내게 네 피 흘리는 몸을
나타내지 마라
나는 장님이다
타오르는 가시덤불을
부서지는 태양을 볼 수 없다

너는 사막의 의사였던가
골짜기의 사냥꾼이었던가
저승길의 어부였던가
악마 앞에서 너는
그의 시련을 달게 받아들였고
악마의 은총을 또한
기쁘게 받아들였다
악마의 칭찬에 취하여
네 육신(肉身)이 사나운 나무기둥에 매달려지는 걸
조용히 내려다보았다
얼마 후 너는 외쳤다
매달린 채
처음으로
저주받은 것을 알고 소리쳤다

숱한 거짓말들을 생겨나게 한
네 달콤한 혓바닥과 부드러운 거동과
걷잡을 수 없는 상상력은
그때
단 하나의 목줄에
매달려 소리쳤다
그래서 곤혹의 유예의 시간에
너는 되살아났다
그때 처음 태어난 것이다
나는 본다 아주 먼 곳에서도
희미하게나마 듣는다
절벽을 마주한 네 참담했던 오만과
그 가여운 열정을
한 줄기 뿌우연 빛살에
너를 빼앗긴 마리아라는 처녀를

미친개조차 짖지 못하는 대낮
여기 지전(紙錢)을 움켜쥔 손구락에도
빌딩의 캄캄한 유리창에도
먼지 덮인 가로수 이파리에도

행길가에 뒹구는 돌멩이에조차
피가 묻어 있다
이천 년 전의 폭풍이여 부르짖음이여
이제 또다시
네 참혹한 헛된 꿈을 드러내지 마라

행여 잠들지 마라 나의 어리석은 젊음이여
네 떨고 있는 넋을
숨어 달아나려는 분노들을
맹수의 울 안에 가두어 마침내
억누를 수 없는 실망이 불행이
사랑을 낳고 불을 낳고 불 속에서
가족들이 신성(神性)이
다시 사랑이 되어 탄생할 때까지

빛의 해안(海岸)

뜨거운 돌들이 갈라진다
피를 빨아들이지 못해서
그러나 납의 바다는 조용하다
기이다란 그림자의 담이
떨어져 버린 살점 나를 향해
고함지른다
멈춰 움직이지 말고

한밤중의 나는 그래도 걷는다
타오르는 모래의 눈[眼]들이
내 축축한 눈알을 파먹는다
허나 취해서 부풀은 목구멍으로
젖어 흐르는 공기의 무게를 마시고
눈이 멀어

살아난 손가락들이
살갗으로 터져 나오는
잎사귀 잎사귀 들을 더듬는다

진흙의 언덕들이 파도에 부딪쳐
허물어져 내린다
물 하늘이 맞닿아 꺼지는 곳에
두엄더미 같은 섬들이 떠다니고
굶고 있는 마을들이 떠 있고
물결들이 서로 희롱한다
재〔灰〕의 뻘 속에
익사한 배를 둘러싸고
차가운 뜨뜻한 그리고 미지근한 물살들이
동그란 흰 거품들을 뿜어낸다

물방울

너는 돌의 냄새를 아느냐
낡은 벽이 갈라진 틈 속에 쌓여
반짝이는 먼지 알맹이들을 아느냐
어린 넋이여 환상의 그물에 맺혀
오락가락하는 맑고 투명한 넋이여

너를 들여다보며 나는 가난을 느낀다
빛도 그림자도 그늘조차 네게
없는 것을 볼 때 나는
더러워진 내 마음의 얼룩을
붉은 상처와 고통과 풍요를 느낀다

어두움 속에 고인 홍수가 떨리고 있다
살아 기어 다니는 게 한갓 어리석음일지라도

오늘 나는 진창 위에 뜨거운 눈물을 떨구느니
오라 시꺼먼 빗방울이여
쏟아져라 소나기 속의 빛이여

상실(喪失)

언제나 빗물이 새는 내 두개골이 요란한 네
두 눈빛을 만나 저주의 신음 소리를 내고
놀란 처녀의 골반을 뒤쫓아 나는 남쪽으로
내려갔다 항구까지 따라 내려갔다 미친 듯이

서리 내린 논둑길들이 새벽녘으로 도망쳐
　　달아났다
황량한 사태 나는 황량한 비탈들을 스쳐 지나
거푸 식민지의 터널들을 뚫고 지나오며
네 국적 없는 얼굴마저 잃어버렸다

낯익은 부두가 아직 먼지 가운데 살아 있다
비린내 속에서도 네 목소리를 찾아 헤매는 나
언 기름처럼 떠 있는 슬픔의 바다 노을

속에 잠겨 잠자고 있는 잿빛 기선들 크레인들

너는 없었다 만나본 것은 모두 시체들이었다
살기마저 사라져 버린 몸뚱이들 더러
번쩍거리는 건 먼지까지도 불타는 먼 나라로
죽이러 가서 반쯤 죽어서 돌아온 병정들의 눈알

소금 바람에 젖어 누운 바라크 앞 쓰레기를 모아
태우고 있는 날품팔이 인생들 빨갛게 초겨울을
구멍 뚫는 모닥불 너도 그 불을 쪼이고 있는가
실연했다고 나는 소주를 퍼마셨다

두들겨 맞았다 사랑의 못에 걸려 보이지 않던
깃발들이 실밥을 흩날리며 찢어졌다
두터운 잠이 허옇게 비곗살을 내보이며
흩어졌다 이 얼어터져 피맺힌 상판대기처럼

트릿한 의혹 되돌아오며 나는
이 흐리멍덩한 의혹을 잡아 찢는다
말 못 하는 내 주둥이를 잡아 찢는다
혀뿌리째 튀어나와 비명 지를 때까지

살려 줘 내겐 죄가 없다 서울역으로
수챗구멍으로 숨어 들어가는 이등 객차 속에 내가
앉아 있다 떠나 버릴 수도 있었는데 굳어 버려
네가 없어져 버린 부둣가에 녹슨 닻으로 남아.

밤의 서울

전기 불빛의 서울 밤의 거리에서
내가 내 자신의 무덤을 파고 있다
죽음의 물을 퍼낸다 더러
거역하는 돌멩이들도 줏어낸다

번개들마저 쫓겨난 거리 밤의
뜨거운 탯줄은 이미 끊어졌다
시궁창들이 모여 도시계획을 꿈꾼다
찌든 고장 굶는 마을 골짜기
골짜기의 아우성들이
질주하는 자동차에 깔려
뭉개진다 아스팔트가 신음하며 갈라 터진다

사금파리처럼 내 심장도 으깨져 부서진다

나날이 발전하는 이 휘황찬란한 수도 한복판에서
깡패처럼 나도 꺼떡거리고 쏘다니고 나뱅이와
함께 죽는다

내 아내와 내 어미들이 죽는다 거기서부터
핏줄들이 탄생한다 거센 역사의
동맥들이 일어선다 불꽃을 저주하는
이 어둠이 불의 씨앗들을 감싸고 있을 동안
생명을 내팽개치는 부르짖음이여
메마른 먼지 속에 피를 뿜어라

그림자의 서울 밤의 거리에서
내가 내 아들들의 무덤을 파고 있다
내 손자들의 무덤까지 파고 있다
죽어 누워 있는 땅 하늘 틈바구니의
소름 끼치는 송장 더미를 파헤치고 있다

초조

어둡게 빛나는 구름장은
젖은 날개처럼 나를 일으켜 세워선
산꼭대기에서 기다리게 한다

낮은 봉우리들이 모두 흩어져
붉은 안개 속에 섬들이 되어
떠올랐다 다시 가라앉을 때까지

빗방울들이 떨어진다
서걱이는 꺼먼 솔가지 솔잎 솔방울 들
남쪽 어느 황톳길가 토방 안에서
핏덩어리가 첫울음을 운다

돌아가라 빨리 먼지 밑으로

쾌락의 굴뚝들이 식어 침몰하는
편집광들의 도시 네 방구석 거울 속으로

어둡게 빛나는 구름장은
돌아 내려가는 나를 불러 세워
산비탈에서 또 기다리게 한다

여행

그렇게 하여 우리들은 친구들과 길고 긴 여행을
떠났다 밤이었고 도시를 떠나는 길은 점점 험해
졌다 얼마 가다가 보니 친구라는 허깨비들은 하
나하나 증발해 버렸다 우리가 잠시 지친 다리를
거두어 자갈이 박힌 발바닥을 살펴보고 있을 때
그들은 어느 틈엔가 다시 나타나 뒷구석에 한데
모여서 우리를 쳐다보고 있었다 겁에 질린 짐승
들처럼 뒤룩뒤룩 두 눈알을 굴려가며 허나 누가
보거나 말거나 따르거나 말거나 길고 고된 여행
은 수컷으로서 자랑거리였으므로 우리는 가던
발길을 멈추지 않았다 수많은 감옥들이 길 양쪽
에 열지어 갈보집처럼 뻘건 아가리를 벌리고 있
었다 거기서 흘러나오는 더러운 침으로 길바닥
이 온통 질펀했다 거대한 흡반처럼 우리 몸뚱이

를 통째로 빨아들이려는 감방 문들 그러나 우
리들의 굳센 발목은 까딱도 흔들리지 않았다 제
발로 그 속으로 기어 들어갔으면 갔었지 단지
그림자만이 뜯기어 발에 걸린 넝마처럼 너덜거리
게 되었을 뿐 시꺼먼 바람 속에서도 젊은 가슴
속은 석탄처럼 불타고 있었고 심장은 금고처럼
튼튼하게 움직였다 길도 묻지 않고 걸어갔다 걸
어갔다 쓰러져 가는 마을 마른 개울가 갈라 터
진 논바닥에서도 죽어 버린 나무 밑에서도 산비
탈 모래바람 속에서도 잠시도 오래 머물지 않았
다 여인숙도 주막도 꿈도 없는 여행 그렇게 부
지런히 걸어가서 결국 어디에 닿았던가 역마살
붙은 우리 몸뚱이가 섬뜩한 어둠의 벽에 부딪쳤
다가 그 속으로 뚫고 들어갔던가 말라 버린 바
다의 끝까지 가서 은빛의 달을 만져 보았던가 거
짓말 거짓말 우리는 날아올라 갔다 반동강 난
반도 위로 공화국 위로 풍선보다 더 가볍게 떠
올라 니뽄이 태평양이 아메리카의 징그러운 살
이 온통 드러나 보일 때까지 까맣게 까맣게 솟
아올라 터져 버릴 때까지 날아올라 갔다 올라
가며 우리는 우리들의 해골들이 오골오골 비명

지르며 모여 사는 서울을 내려다보았다 시원섭
섭하게 청승맞게 써늘한 기분으로 세계에서 제
일 눈부시게 썩어 가는 쓰레기 구덩이를 작별했
다 거짓말 거짓말 거짓말 거짓의 끝없는 저주받
은 여행 우리의 여행은 싸움을 피해 영창을 피해
고문을 피해 죽음을 피해 도망다니는 길 우리는
우리에게서 벌써 멀리멀리 떨어져 버려 있는 것
이다

아우슈비츠

아득한 풍경을 바라보듯 먼 데 서서
굶어 쓰러지는 사람들을 바라보는 건 너무
쉬운 일이다 눈시울이 뜨겁도록
쳐다보다 등을 돌려 도망하면 그뿐

눈앞에 살아서 정말로 살아 꿈틀거리는
죽음을 마주 본 적이 있는가
네 애인의 눈동자 속에서라도
방금 타 죽어가는 생명을 본 적이 있는가
바람 먹은 네 대가리를 진창에 처박고 눈을 떠라

피와 진흙 어둠으로 빚어진 인간의 얼굴
보이는가 그 얼굴이 벌거벗은 넋의 맨 끝까지
떨리게 하는 외침 소리 우리 속의 수많은 얼굴들

철조망을 움켜쥔 눈부신 절망의 손가락들이라도

나를 혼자 내버려다오 텅 빈
벌판에라도 버려졌다면 행복했을 것을
눈뜬장님이냐 방랑자냐 나는 나를 비웃지만
그러나 그것마저 엄살일 뿐이다

추수

농사꾼의 밤은 아직 숫처녀다
가을마다 알알이 땀 밴 낱알들이 번들거리는
정미기에 정신없이 빨려 들어가서 가마니로
신작로 저편으로 트럭에 실려 훌쩍 사라져도
그는 그의 밤을 전혀 헤쳐 보지 않는다

꿈속에까지 그의 노동은 천하다
천하다고 생각되기에 폭양 아래서 아직 천하다
며칠 만에 한여름의 기원을 모두 거둬들이고
올 겨울의 시름까지 한꺼번에 수확한다

보리싹의 푸른 칼날들을 그는 잊어버린다
가뭄 아래 돼지 대가리도 다 잊어버린다
무덤을 기억해낸다

썩어 버린 조상 앞에 넙죽 엎드린다
일 년 내내 배곯아 온 아이들도 따라 엎드린다

누군가 그의 밤을 파헤쳐 뒤집어라
수백 년 썩어 온 무덤들을 쳐서 뭉개 버리고
뼛속 깊이 잠자는 피의 쟁기날들을 끄집어내라
농사꾼의 밤은 아직 숫처녀다
누군가 그의 밤을 들쳐 업고 달아나라

회복

스스로를 천재라고 생각하고 있던 나날
병실 밖에는 다섯 개의 해가 빛나고
전쟁터에서 주운 피 묻은 꽃은 어느새
훈장으로 변해 가슴에 매달려 있었다
나는 내 죄를 알지 못하는 죄수였다 항상
미친 여자의 잠자리를 그리워하다가
가끔 물과 빛을 동시에 잘라내는
메스 때문에 깨어났다 나는 조그마한
죽음이었다 바람에 부대껴 웅웅거리는
눈부신 창문을 보았다 내 벌건 몸뚱이가
쓰레기처럼 그리로 빠져나가고 있었다
신열(身熱)의 나날이 지나가자 녹슬어 구멍 뚫린
철문들이 내게 입을 열기 시작했고
뿌우연 먼지 속 시꺼먼 벽돌담들이

피가 흐르고 있는 속살을 드러내 보여주었다
그 앞에 나는 조그마한 촛불 같은 생명이었다
어느 날 잡초의 뜨락으로 걸어 나갔다
이름 모를 풀들이 낯설게 자라나 무서웠다
흔들리는 병동 모퉁이를 기대 돌 무렵
사람들이 군침을 삼키며 돼지를 잡고 있었다
섬뜩한 기쁨에 가득 차 그 비명 소리를 들었다
훌훌 처참한 흰 옷을 벗어 던졌다
춤추듯이 뛰어다녔다 춤을 출 듯이
허나 사면(赦免)을 받았다고는 생각지 않았다

잔인한 꿈

헛된 사랑이 바라보는 모든 아픔들
허물어지고 깨어져 돌무덤이 되어 버린 거리
불그레한 새벽 거리 찢어진 기둥들 날아가 버린
대문 타다 남은 벽 위 유리창들이 있던 자리
총탄 자국 이제 어둠에 대낮 속의 어둠에
가리어져 이미 보이지 않는 상처들 아픔들
주린 아이들 넋 빠진 노파들의 깊은 눈초리
시꺼먼 구멍들 삶과 죽음 사랑과 미움에
떨리는 손구락들 일렁대라 내 뒤틀린 꿈이여
기름불꽃처럼 그을음을 날리며 잔인하게
군가 소리 총검 소리 발자국 소리
숨통 속에 가득 찬 이 먹물 같은 침묵을 태우며
미친 넋의 꿈 깊이 불붙지 않는 목숨의 찌꺼기
쓰레기와 절망과 우울의 재 잿더미 위의 피

벽

서울 뒷골목의 벽 중앙청의 벽 허물어져야 할
형무소의 기나긴 벽 속에 숨 쉬고 있는
끈질긴 세월 식민지의 멍든 자유 휴전선에 깔린
철사의 무게 죽어 버린 미래의 뜨락이여
어리석은 젊음 어리디어린 꿈이여 담벼락 속
태양을 껴안으려 또 벽에 부딪치러 가는
　　　몸뚱이들 언 바람 속
젖은 나무들 밝아 오지 않는 새벽 희미한 별마저
하나씩 하나씩 지워져 버리고 월남에서 쓰러져
돌아온 해골들은 지금 어떻게 썩고 있는가
국립묘지 벌판에는 빗방울이라도 뿌리는가
이 공화국의 두터운 두터운 벽 눈먼 담벼락에
기대어 통곡하고 있는 그림자들이여
두드려라 열릴지도 모르니 저주받은

벽 메아리 없는 기나긴 신음 소리 신음 소리의 벽

깊은 꿈

꿈의 깊은 수렁
살아 흔들리는 무거운 물살 아래
거칠고 소름 끼치고 진저리치는
어두운 살들의 아우성 땀 속으로

그 속으로 나는 대낮의 흰
닻을 내린다 뜬구름
같은 마음 색색 가지 바람들을
그 끝에 붙잡아 두려고

꿈의 깊은 늪 쓸쓸한
바닥 밑바닥에서
사랑의 이유들을 주우러 쓸데없이
찾아 헤매는 깊은 꿈

끝장

미치광이 세상 성한 놈들 죄다 미치고
살아 숨 쉰다 해도 고작 누우런
게거품이어라 개펄 속에 제가끔
구멍 뚫고 품어내는 거품 게거품

마르고 마른 마음은 눈물마저 닳아
소금기 하나 안 남고 핏발 곤두서는 핏발
앞서거니 뒤서거니 눈 감긴 채 밀려가는 세월
땅 하늘 어둠조차 짚이지 않아라

개새끼들 개만도 못한 종자들이라 결국
우리 모두 도살장 앞마당에 모인 개새끼들
짖어라 숨 붙어 있을 동안 실컷 짖기라도 해라
뜨거운 햇살 혀 빼물고 쓰러질 때까지

노예

뒤집혀진 흙더미에서
꿈틀거리는 지렁이
굳게 그림자를 누르고 섰는 두 발
그는 일한다
방패처럼 빛나는 잔등
살아 있는 죽음을 잊어버린
팽팽한 힘줄 위에
피에서 배어 나온 땀이 솟는다
노한 삽질 아래
금세 물 고이는 웅덩이 속
잘려 나가는 자디잔 나무뿌리
썩은 태양을 까부수며
그는 일한다

한낮의 노예 거침없이
곡괭이에 따라 움직이는
팔다리 머리터럭까지 노예
거친 숨소리 땀방울들은 사슬
수많은 밤에 그를 붙잡아 매는 사슬
일하고 있는 짐승
이 더러움의 땅 위
더러움을 타지 않는 단 하나의 짐승
그는 일한다
그에겐 한 가지 얼굴밖에 없다
비 바람 먼지에 찌들어
나무껍질처럼 굳어진 살가죽
눈부신 햇살과 뒤범벅이 되어
눈곱과 함께 비져나오는 고향산천

움직인다 그의 순수한 두 손이
한 가지 마음만으로 움직인다
어제도 내일도 지금도 없이
그때그때의 끼니를 벌기 위해
그때그때의 종교를 찾기 위해
흙더미 사이로 톱밥 사이로

쇳가루 사이로 움직인다
지금 막 움직인다 움직이는
모든 걸 쫓아 움직인다
돌멩이는 돌멩이끼리 모여 부딪치고
톱밥도 톱밥끼리 모여 부스럭거리고
쇳가루는 쇳가루끼리
불똥은 불똥끼리 장난하고
반죽은 반죽을 찾아 흘러가고
땀방울은 땀방울끼리 모여
흘러내리고 도망하고

고역의 하루가 끝난다
아이들이 꿈꾸는 신기루 같은 혁명은
그가 전혀 알지 못하는 곳에서만 일어난다
그의 두 발은 밤을 걸어간다
흔들리는 가슴을 이고
단단한 대지 위로 걸어간다
하나의 불꽃을 찾아 불꽃을
움켜쥘 뜨거운 두 손을 찾아
잠자고 있는 죽음들을 디뎌 깨우며
걸어간다 걸어간다 걸어간다

벽

네 가는 길을 가로막는 담벼락
앞에 멈춰 서서 너는
어쩔 것이냐 다만 숨죽여 흐느끼며
오줌을 쌀 뿐이다
술 취한 오줌을 갈길 뿐이다
메마른 지평선 멀리 부황 뜬 바다 너머
커다란 구멍 속으로
꺼져 들어가는 저녁 햇살
신기루 같은 아득한 불길이여
어느 누구에겐 얼음 바람을 막아
포근히 싸안아 주는 벽이
누구에게 눈부신 하늘을 가리울 뿐
누구에겐 피비린내 나는 감옥이 되어 버린다
술집 등불 밑 굼실거리는 머저리들 구데기들아

토해내듯 뱉어내는 너희들 온갖 불평불만이
뭉쳐 뭉쳐 모두
딴딴히 뭉쳐 폭탄이 될 수는 없는가
휴전선보다 더 두터운 이 지하실의 벽
어둠의 벽 침묵의 공포의 가위눌림의 벽
한꺼번에 모두 터뜨려 부숴 버려 깡그리
날려 버릴 수는 없을까
이 소돔성 속 우리 모두가 살아 있는 것이 아니니
길바닥에 쓰러져 죽은 놈은 오히려 행복하리라

녹슨 문

습기가 가득 찬 오후
타는 듯이 녹슨 철문 앞을 지나갔다
내 안의 아무 뜻도 없이
내 그림자는 그 문의 참담한 위엄에 눌려
나를 구석으로 몰고 갔다

축축한 바람 속 뻘겋게 녹슨 철문
몸서리치며 쓰레기통을 뒤지는 아이
그 앞에서 나는
단지 피와 점액의 젤리였다
온순한 눈길로 나는 저주했다

소리쳤다 목소리 안쪽에서 있는 힘을 다해
죽어 잠자던 상처들이 모두

되살아나서 함께 소리쳤다
흔들어라 네 영혼의 종(鍾)을 모두 흔들어
그 문의 침묵을 깨뜨려라

뻘겋게 녹슬어 있는 철문 앞
미친 듯이 녹아 흐르는 공기
열아홉 살의 죽음
핏자국

소생(蘇生)

한 여인의 힘으로 살았노라
하루에도 몇 번씩 죽었다 되살아났다
기쁨 슬픔도 없이 시름으로 살았노라

바람 가운데 피어 붉게 피어나는 하얀 꽃들
서서 내 두 발바닥에 기대어 일어서서
돌 박힌 고개들을 겨워 넘겠노라

웬 별들이 이렇게 많이 떨어졌느냐
걸어 이승 저승이 골짜기를 걷노라
짚세기 감발마저 앗긴 채 넘어 걷노라
끝도 밑도 없어 걷노라 걸어 걸어 걷노라

불어라 거센 바람 녹두바람아 불어라

별부(別賦)

네 그늘진 얼굴이 돌아서며
빛나고 나는 떠나 이제
벌판 가운데를 걸어가야 한다
봄은 이미 저 앞에까지 와 있는 듯하지만
겨우내 마른 풀들이 바람에 일어
흙빛으로 나를 반긴다
살아가는 짓이 이런 것이냐
빈 가슴은 또 가벼워져 금방
울음이 새어 나올 것 같고
다시 한번 네 모습이 보인다.

새벽

서울 변두리 저 벌판에서
밤새 우는 바람
중앙청의 온갖 영화로움을 휩쓸고도
잠든 내 몸뚱이에까지 와
부딪친다
남루처럼 비린내처럼 뜨겁게
들러붙는다 번영하는 이
공화국 잔인한 쾌락에 지쳐 버린
혈기 나의 모든 것
숨어 있는 나 나의 나
더러운 잠
땀
기름때
게으름의 피

내 전부를 싸안는다
불태우고 텅 비운다 한마디
말도 안 남고 허물마저 스러지고
빈 몸으로 나도
떠나야 한다 뒷전에 서서
애태우는 사랑이 없어도
이제 갈 길은 너무 막막하구나
숨 죽어 있는 새벽 뜨거운
바람 불어 소리 없이 세차게 불어오고
잠 깬 새 한 마리 날아 어둠과 맞부딪친다.

역전(驛前)

해 질 녘 초라한 부끄러움 따위를
감추고 돌아가는 나를 갑자기
낯선 바람들이 에워싸고 말을 건넨다
이름 없는 아우성들 나지막하게 다그친다
보이지 않던 싸움터의 바람
병든 아이들 허연 울음소리 같은 바람
청계천 시궁창에서 스며 나온 구린 바람
동작동 허공에서 맴돌던 한 맺힌 바람
깊은 궁궐 푸른 지붕을 덮고 회오리치던
썩은 바람 땅 밑에서 펄럭이는 불의 바람
숱한 바람들이 한사코 말을 건넨다
여태 살아서 무얼 했느냐
내 발길은 갈피를 못 잡아
염천교 다리 위에서 서성댄다

여기 살아 떠는 것들이 왜 이렇게 생생하냐
컴컴한 다리 아래 녹슨 화차들이 뻘겋고
어디서 웬 새들이 몰려와
걸레 조각처럼 떠다닌다

친구에게

가난도 설움도 역겨워 떠나고 비에 젖은
뒷골목도 다 말라 스러져 버리고 이제
남은 건 빚뿐 반생을 놀면서 더부살이한 죄
술 취해 집에 가는 얼굴들만 남아 부끄럽다

돌아가는 몸들은 다 알겠듯 죄를 짓는가
조선 바닥 아득히 굶어 죽는 소리 외침 소리
들려오고 부끄러운 마음들 쪼개져 부서지고
부서진 자리에서 피가 흐르고 소리가 멎는다

맹세한다 낮은 바람 소리에까지 맹세한다
우리 헐벗은 두 발 옮겨 디딜 곳조차 없지만
일어서자 쓰러지면 또 일어서자 내가 선
자리에마다 성난 불꽃이 되어 일어서자

떠나는 이에게

어릴 때 동무가 고향을 찾으러
내 곁에서 떠나간다 여태 한 번
지나가 본 적도 없다는 어느 시골 구석
피맺힌 자갈밭들을 땀으로 일궈

검푸른 강물 같은 농사지으러 간다
초라했지만 푸근했던 십 년 우정
어둠침침한 방을 나와 깜깜한 벌판으로
좁다란 울타리를 박차고 나간다

가서 부디 잘해라 여기 남아
행여 부끄럽지 않도록 애쓰겠으니
굳은 약속의 말 내내 살아
햇빛 보는 날 함께 기다리며

예감

온종일 사람들이 바깥에서 움직인다
수돗가에 모여 떨고 있는 아낙네들
찬 바람 먼지 속에서
피땀 흘리며 일하는 사내들
붉은 저녁 해가 멈춰 움직이지 않는다
골목 어귀에 아이들이 서 있다
만화책도 안 보고 강아지하고도
놀지 않고 몰려서서 구경한다
아랫동네 대장간 속 땅땅
잘려 나가는 빨갛게 단 쇳조각도
이젠 아무 재미가 없다
찌그러든 조그만 얼굴들
까만 얼굴들이 일제히 빛난다
술 취해 비틀거리는 사내들

악을 쓰고 울부짖는 부모들을 본다
내일은 어떻게 될지 몰라도
지금 아이들 빤히 쳐다보는
그 놀지 않는 아이들이 무섭다
한 움큼씩 피를 움켜쥐고 설마
지옥을 훔쳐보는 것 같아 무섭다

영등포 길

누우런 연기 내뿜는 굴뚝들이 보인다
오랜만에 친구 찾아가는 길
갑자기 옛날 생각이 난다
사변 통 폭격 맞아 뼈대만 남은
피 흘리는 커단 짐승 같은 벽돌 건물
하얗게 찢어진 하늘들이 떠오른다
저 자동차 수리공장 뒤켠 시궁창 위
방금까지 있었던 것 같은 돌무덤들
떼 지어 사람들이 죽어 가던 자리
그 옆을 지금 내가 지나간다
먼지투성이 바람 한길로 몰아닥쳐
눈을 뜰 수 없구나 이제 머릿속에
웅웅거리는 머릿속에
바람이 지나간 뒤에도 남는 것

꼭 가야 할 곳에 대한 그리움뿐
늦겨울 영등포 길은 너무 쓸쓸해
오늘 거기 닿는다 한들
누구 하나 있을 것 같지 않고 내일
모레 그러다가 엄두조차 못 낼 것 같아
친구 만나 소주나 한잔 마실까
가자 기운을 내 어서 가자
타오르는 빨갛게 타오르는
바람 한가운데를 구멍 뚫는 모닥불

다리

는개 철철 내리는 밤 한강 다리
악을 쓰는 자동차 행렬에 쫓기듯
웅크린 채 떠밀려 가는 사내
용산역 대합실도 지나 버렸고 이제
갈 곳이 없다 텅 빈
뱃속 어지러운 머리
어디 잠재울 구석이 없나
한 많은 청춘 더럽게 날렸다
좋다고 서울 와서 있는 힘
없는 자랑 죄다 빼앗기고
땀내 나는 그림자마저
전기 불빛에 먹혔다
간다 누데기뿐인 몸뚱이 하나
갈가리 찢긴 가슴을 안고

아무 소리 않고 다리 위를 간다
비칠비칠 뻘건 살덩어리 걸어간다
사내야 앞도 안 보고 가는 사내야
내일 또다시 이 길로 돌아올 거냐
네 뒤에 부끄러이 가는 나는
함부로 말 붙일 수도 없다
다리 아래 함께 건너는 이 다리 아래
시꺼먼 물 도도히 떠내려가고
물귀신 떼처럼 서울이 비쳐 보인다.

소문

고함을 치려는 뻘건 아가리 속에
머리가 터져 비명 지르려는 입 안에
커다란 어둠이 틀어박힌다
젖은 솜뭉치처럼 물린다 깨물어도
부서지지 않는 돌덩이 같은 어둠
부서진 이빨 틈으로 신음 소리가
새어 나온다 어디선가
하수도에서 새어 나오는 비명 소리
생명이 빠져나가는 소리가 들린다
희미하게 외마디 소리들이 들린다
소리들이 모여 움직인다
살아서 공중을 날아다닌다 부황 뜬
공기 속에 기름방울처럼 떠다닌다
사람마다 얼굴에 목덜미에 닿아 묻는다

손등에도 귓가에도 묻어 번진다
모두 일제히 벙어리가 되어
말을 않는다 침묵이 깔린다
웅웅거리는 파리 떼마저
죽어 있는 도시
연탄가스처럼 자욱하게 깔린 침묵
길고 긴 담도 조용하다
침묵의 시위
침묵의 바리케이드
침묵의 어설픈 상판대기들
이따금 바람이 불어
흙먼지가 일고 큰길 가운데로
병정들이 지나간다
트럭들이 지나간다
한 도시에 깜깜한 소문이 가득 찼다
영문을 알 수 없는 소리들이 가득 찼다
그런데 아주 조용하다
노한 눈알들만 빛난다

사월 십구일

어린 싹들이 다투어 돋아나느라
온통 들끓는 봄 노오란
개나리 피우는 바람결에 불어와
가슴마다 뜻 모를 구멍
하나씩 파 놓고 지나가는 구름

사월 십구일이 또 돌아왔다
해마다 잊혀지고 얼룩이 져도
아직 낯설진 않은 얼굴
그래도 웃으며 찾아왔다
옛날 폭풍을 불러왔던 용사들
무덤 속에 갇혀 잠자던

뜨거운 넋들 하나씩 둘씩

아지랑이와 함께 일어나
하잘데없는 우리를 만나러 왔다
나무도 풀도 개미도 하늘도
모두 무사한 이 날씨에
반가운 소식이라도 전해줄 듯이

모여라 나가자
그날 젊은 핏발들은 곤두서
불을 일으켰다
두 눈 무섭게 부릅뜨고
썩은 담벼락을 밀어제꼈다
피와 눈물 연기 돌멩이
뒤범벅되어 자욱했던 길바닥
와 아우성들이 몰려가던 거리

이젠 흔적도 없이 사라지고
새봄이 왔다 시름시름
굳은 꽃망울들을 앓게 하는 햇살
벌판 위에 허물어진 집터 위에
들뜬 계집 같은 바람이 분다

노래

저 불티 떼 몰려가는 여울
어두운 골짜기로 가고 싶구나
가고 싶구나 일터에 나온 사람들
이름 없는 이들이 한데 모여
제각기 얼굴 빛내며 노래하는 곳
마루턱 세찬 바람에 깜박
심지 짧은 불꽃 꺼져 버릴 때
숨기고 싶은 이내 부끄럼
가자 훤히 동터 오는 네거리로

여름

종일 답답하게 흐린 하늘
남쪽 길 따라 떠나고 싶다
가뭄 든 고향에라도 가고 싶다
살가죽 태우는 뙤약볕 아래
식은 땀 다시 펄펄 끓이러
지금 건너 등성이 보리밭들은 모두
베어져 더운 바람만 쏠려 지나갈 테고
비탈 아래 마른 개천 자리
다시 시퍼렇게 우거졌을 칡넝쿨
더러운 서울 거리를 벗어나서
어디로는 못 가겠느냐
갈보 같은 이내 신세
어둔 뒷골목에 웅크리고 앉아
피맺힌 꿈을 씹는다

외침

무엇을 보고 소리 지르나
벼랑을 향해
시꺼먼 하늘을 굴러가는 불덩어리
막막한 벌판 시들어 누운 풀포기
누구를 보고 울부짖는가
착한 생명들 모두
짐승의 독한 발톱 아래 짓밟히고
저마다 뼈아픈 눈물 감추는 걸까
먼지 자욱한 거리
힘없이 처진 어깨들 한데 엉켜
땅거미 속에 숲을 이루고
그 뒤에서 다시 타오르는 노을
몸 팔러 서성이는 앳된 눈동자
매 맞으며 끌려다니는 피멍 든 몸뚱이

왜 모두들 입 다물고 있을까
왜 어두운 숲은 한 번 술렁대지도 않는가
태양은 왜 벼랑에 떨어지면서
혼자 외치는가
어디에 숨은 가슴속마다
불을 지르려고
끝내 스스로를 폭파시키는가

마을

여러 갈래로 길이 나 있다 벌써 여러 해째 가뭄
이 머무르고 있는 고장 아무도 훌쩍 먼 곳으로
떠나 버리지 못한다 텅텅 빈 마른 공기는 공기가
죄다 빠져 버린 것 같고 알 수 없는 비명 소리가
가득 찬 것도 같다 웬 짐승들이 또 죽어 가나 보
다 드문드문 길섶에 꽃이 피어도 도무지 피어 있
는 게 아니므로 꽃이 아니다 벌레들도 벌레다웁
지 않고 나무들도 나무 같지가 않고 산등성이도
산등성이처럼 보이지 않는다 태양은 먼지투성인
채 돌밭 위를 굴러다닌다 구름과 뒤섞여 곪아 터
지려고 하는 노을 빈 터 한가운데 묘비처럼 우물
이 하나 있다 속을 들여다보니 모래가 하얗게 썩
고 있다 가난한 이들은 그래도 이곳을 우리 마
을이라 부른다 고달파서 잠든 것 같은 육신들

살았어도 도무지 산 것 같지 않은 그림자들이

어느 날 꿈에

푸념

내가 네 마음을 사려고 애쓰는 것은 네 두 볼 입
술 눈초리가 이뻐서만이 아니라 내 속이 텅 비었
기 때문이겠지만 그저 이 공허함만으로 높은 가
지 위에 까치집 같은 사랑을 짓겠다는 것이 터무
니없음을 나는 알고 있으니 내가 무슨 짓을 하
든 네가 거들떠보지 않아도 나는 너를 원망하지
않아 마구 술 처먹고 미친 척 지랄하다 사람들
보는 가운데 정신을 잃고 뻗으면 또 어떤가 내가
네게 굳이 변명하고 싶은 건 마음이란 본래 없는
것인데 때때로 연애하는 척 어쩌다 질투하거나
또는 그리워하거나 변덕을 부린들 무슨 차이가
있을까

방에 들어서면 두렵다

내 방에 들어서면 두렵다
몇 날 며칠
불면이 두렵고
둥그런 천장이 두렵고 사방 벽지가 두렵다
생각하기가 싫어
방에
갇히는 것이 다시 두렵다
드러누워
방 밖에서 이른바
역사가 소리치고 지나가는 걸 듣기도
민망하다

믿지 않는다
나를 믿지 않는다

살아 있다고 생각 안 한다
남들이 살아 있다고도 생각 안 한다
죽어 있다는 말이 아니라
산송장이라는 말이 아니라
죽고 사는 게 뭔지 모르니까
믿고 자시고 없다

천국에는 각 방이 있을까
무서워하지 않고
긴 복도로 나가
하느님 방을 찾아 나서면 재밌겠지
천국에는
서비스 끝내주는
특실 같은 것이 있을까
기다려진다

방에 들어서면 두렵다

현기증

사는 동네가 사는 동네 같지 않다
사는 나라가 사는 나라 같지 않다
사는 시대가 사는 시대 같지 않다

실없는 말 같지만
낯선 것은 우선 어지럽다
한낮
새로 들어선 엘지주유소 앞
횡단보도를 건너면서 유난스러운
새 법률사무소를 보고
문득 생각한다

사는 일에 너무 익숙해져
바보가 된 건 아닐까

사는 법도 조금씩 새로 배울 수 있을까
만약 눈알이 여섯 개 있어
위아래 사방을 동시에
하늘도 보고 빌딩도 보고 구름도 보고
한꺼번에 땅바닥까지 본다면
그대로 서서 자전(自轉)하겠지

즉 돌아버릴 거라는 말
또라이
자유가 자유가 아니고
세상이 세상이 아니고
네가 네가 아니고
내가 내가 아니고

별안간

새벽은 거적에 싸여
피를 흘리고
승리한 말뼉다귀는 춤춘다

해 뜨는 광장에서
깡패들은 비장하다
두목이 나서서 외친다
아가리를 벌려라
이제 몽둥이를 처넣어줄 테니
소리를 질러라

캄캄한 대낮
천년 바위 같은 침묵의 간난(艱難)
없는 자는 밀고하고

있는 자는 히히덕거린다

기적이 일어난다
별안간
온 세상이 조용하다 별천지
산지사방이 환하다

신원미상

늘 내가 잠자는 곳
유배된 나라
대양 멀리 저 바깥으로
떠도는
점
티끌

건너편엔 유혹이 있다
죽은 기억들이
산 기억을
잡아먹는 자리
갈라지는 욕망
꿈

깨어나면
몰지각
파렴치한 몸뚱이 하나
다시 축 늘어져 있다
두 팔
두 다리
털
자지

두근대는
염통
뜨뜻한 오줌통
내가 살아 있다는 증거
나
글쎄

어느 날 꿈에

웬 낙하산부대가 오밤중
열지어 탱크로 진입하다
게임 끝
온 백성 큰길에 나와 춤추고 울부짖다
만국기 휘날리던 날

내가 태어난 깡패의 나라에서는
깡패를 존경해야 한다
깡패는 분명하다
깡패는 단호하다
깡패는 애국한다
깡패는 지조가 있다

그러나 내가 좋아하는 건 모두

흐리멍덩한 것들뿐
탁한 물속의 빛
신기루 또는 한낮의 안개
곤혹
빚진 자의 양심 따위
이를테면
나의 도덕감이
싹쓸이로
무시하고 싶어 하는 모든 것들
진창 또는
창녀의 사랑 같은 것

어느 날 꿈에
나는
사자들이 떼 지어
길을 건너가는 걸 보았다

이민

국경과 국경의 틈바구니에
경계와 경계의 틈바구니에서
병신과 병신들 사이에 꼿꼿이 서서

영웅과 영웅의 사이를 헤집고 서서
그 잘난 민족의 한 아들로 태어나
나는 얼마나 똑똑하냐

들리는 말로는 세상이 새벽처럼 환히
밝다더라 들려오는 말로는
세상은 어디나 무덤 속처럼 깜깜하다더니

지평선까지 번지는 역사의 고름
과거라는 몹쓸 병

미래라는 환각제

시체와 시체의 틈바구니에 끼여
여권을 들고
바보는 웃고
국경과 국경의 틈바구니에 서서

우울

검은 회사와 검은 사회 사이
불온한 저녁과 불안한 저녁 사이
그림자 하늘
그림자의 악취

이건 사람 사는 게 아니다
협박받아 내다 파는 목숨
공갈로 떠넘기는 죽음
여긴 사는 곳이 아니다

벼락 맞은 짐승, 불어 터진
배때기, 뒤집힌 교각
높은 감옥 위
휘황한 네온 십자가들

시체의 절규
환멸
시꺼먼 자궁 속 빨간 인형들
춤추는 아이들

도망자

새 여자를 만날 때마다
색다른 풍경을 본다
불타 연기 오르는 구름들
죽어 버린 도시
날개

길을 떠나
여관과 호텔을 바꿀 때마다
온 거리가 폭삭 꺼지거나
해일처럼
솟구치는 것을 본다

어디에도 속해 있지 않다
그는 어디에도 없다

고향 찾는 것들
족보 만드는 것들
땅에 금 긋고 말뚝 박는 것들
패거리 치는 것들
동류동족을
그는 저주한다

낯선 곳에 들어설 때마다
바로 눈앞에
그보다 먼저 와 있는
재앙을 보고
우선
도망칠 궁리부터 한다

어떤 날

거대한 우주선 군단이
하늘을 낮게 지나가듯
구름 떼가 일제히 이동하다
대책 없는 사물들 죄다
비명 지르고 빛을 잃다

네 말처럼
이 세상은 죄가 없다
천둥벌거숭이 하나
두 팔 벌리고
사방 뛰어다닌다

변용(變容)

고개 돌릴 수 없다
백미러 속에
뇌가 없는 얼굴처럼
죽음이 뒷좌석에 앉아
두 눈을 뜨고

점괘(占卦).

온갖 작은 새들의 반란
횡재

늪

솟을대문

간판

찌그러진곳
퍼드립니다
깨진인생도
땜방합니다
반드르하게
구김살없이

찌그러진꽃
퍼드립니다

지복천국(至福天國)

뭐가 바닥으로 가라앉는지
길 끝에서 누가 기다리는지
아무도 모른다
출구 입구 팻말도 없다

깜깜한 방 갑자기
귀머거리들 죄다 듣다
벙어리 모두 지껄이다
원수끼리 난데없이 만나 곧장
러브호텔로 가다

온갖 걸레들 다 뛰쳐나와
춤추고 노래하고 아우성치다
사지사방 온통 축복 나려

언덕을 올라가도 또 난리
비탈을 내려가도 또 난리

만백성 소리지르며 환호하다
이 골짜기가 너무 살기 좋아
부처고 예수고 아무나
붙잡고 키스하고 빨고 싶네
늘 저 하늘에 감사하며

무지개

시커먼 다리 너머
어떤 빛깔일지라도
원리가 꼭 있어야만 숨 쉬는 족속들이 있다
폭포

언어의 벽

이 이류 국가의 공터에 서서 철책 너머로 멀리
날아가는 공을 보다

대화

사람은 원한으로 살지 않는가
아니에요, 사람은 희망으로 살아요

사랑은 희망인가 원한인가
그 사이에 어쩌지도 못하는 절망인가

그대 볼이 일그러지고
그대 턱으로 눈물방울이 굴러 떨어지고
나는 일어나
마구 소리지르고 싶어질 때

그래요, 사람은 습관으로 살아요
사랑도 한낱
못된 습관인 걸

붉은 약속

파란색의 넓이가
동그라미로 차츰 퍼져 가는 것처럼
붉은색의 정의는 우선 사각형이다
깊이 파고들수록 작아지는
사각형들
예를 들면

촘촘하게 안쪽으로 겹치면서
점점 날카로워지는
사각형 빨간 꽃잎들이 있다
만약 네가 실수로
한마디 붉은 약속을 네 여자에게 한다면 그건
꽃 모양 전체 그 정교한 순서를

깨트리는 일이다
그렇다고
사각형들이 다 쓰러지지는 않는다
빈말이라 하더라도
붉은색은 원래
사각형이기 때문에

빤한 법칙

측은함이 점점
큰 파문으로 퍼져 가는 것과 반대로
사랑의 핵심은 우선 인색함이다
파면 팔수록 좁아지는
어두운 우물
예를 들어

불안하게 안으로 숨으면서
다급해지는
자존심의 푸른 촉수들이 있다
만약 네가 무심하게
그 한마디 비밀을 밖으로 흘린다면 그건
사랑의 법 그 끔찍한 명령을

위반하는 것이다
그렇다고
잠 깬 욕망을 다시 누를 수는 없다
허망한 일이지만
사랑은 원래
폭동이기 때문에

천형(天刑)

인간이 어쩔 수 없이
외톨이라는 사실
처참한 확인
설상가상
끔찍한 건 가난이다
방약무인 날뛰던 놈도 늙고
돈 떨어지면

칭얼대게 마련
노인 속의 철부지가 다시 울부짖고 싶다
갑자기 외로움이
치매처럼 온몸을 덮치더라도
그저 견딜 수밖에 없는 법
이 뻔한 진실

그렇다 진실은 모두 싸구려
외설에다 야비하고 통속적이니
눈물 없이 못 봐준다
예배당만큼 천박하고 또 천박하니
인생은 껍데기일 뿐
아무 깊이가 없으니까

시인

배부르고 등 따뜻하면 시인이 될 수 없다. 천상
병을 생각하며 떠오른 말이다. 내가 그렇다. 어
정쩡하게 그냥 어정쩡하게 하루하루 보내면서
정말 시를 쓸 수 없을까 가끔 공상해 보지만 역
시 힘들다. 혹시 무턱대고 말을 조합하면, 떡 주
무르듯 단어들을 주무르는 척 써 재끼면, 시가
될 수 있을까. 그래, 아무 소리나 넋두리하듯 뱉
어도 시가 될 수 있지, 포스트모던한, 쿨한 시,
또는 반에 반 시 등등 세상에 같잖지도 않게, 잘
난 척하며.

다 끝난 들판에
판결문처럼 내려앉은
까마귀가

천상병이다.

이렇게 쓰고 보니 또 어디선가 베껴 온 것 같아.

이 아침

낯선 종점에서 누가 깨운다
에스컬레이터로 밖에 나오자
처음 본 외곽도시가
악몽처럼 곤두서 있다

혹시 외계인들 침공할까 봐
일렬로 줄 서 있는 아파트 군단
그 앞에 아침 햇살을 가로막는 돌 예배당
문득 그대에게 전화하지만

그대는 벌써 나가고 없다
아 사랑이고 조국이고 나발이고 없다
내 눈앞에 벌어진
저 끔찍한 기적 앞엔

넋

소리 없이 떠난다

나뭇가지 사이로
얼핏 노을이 스쳤지만
보지 않는다

비켜 줘 지금
너 따위와 수작하긴 싫어
어두워
누울 곳을 찾지만
저기
마음이 없다 몸이 없다

내력 없는 빈 못

어느 날
섬광처럼 바로 그 위에
무언가

잠깐
머물렀다

사방으로 퍼진다

그리고 꿈에

그리고 꿈에 보았네
길섶 구석진 밭
이랑 속에
감실거리는 안개를

아득한 길을 그냥 가다가
문득
미친 두 눈을 들어
먼 산

아주 더 멀리 어두컴한 산
등성이 위
희미한
나뭇가지의 반짝임

그리고 꿈이 깨어 사라진 날
벌판의 한 끝에
그림자도 없이
서서 우는 사내를 보았네

폭포

작은 폭포가 올라간다
작은 폭포가 올라간다
좁은 벼랑을 비집고
작은 폭포가 올라간다

한사코 붙잡고 말려도
기를 쓰고 올라간다
절벽 위 해를 잡으러
밑도 안 보고 올라간다

야윈 나뭇가지를 잡고
성난 폭포가 올라간다
꺾여 기절할 때까지
죽기 살기로 올라간다

작은 폭포가 올라간다
작은 폭포가 올라간다
겹겹이 접힌 병풍 속
폭포 하나 솟구쳐 오르다

사건

생화인지 조화인지
구별할 수 없다 울긋불긋
색깔만 있지
냄새도 바람도 없는 꽃동네
온 거리가 흔들리며
갑자기 온실들이

산산조각 나
위아래 사방
크고 작은 지붕들이 날아가고
공중에 새카만 꽃잎
줄기
넝쿨
부서진 십자가

걸레 조각들이 날아다니고
이 골목 저 골목
분주하게
천치 바보가
뛰어다닌다

땅 밑의 어마어마한 기계가
흘레붙듯
대기(大氣)를
꽉 껴안았기 때문에

이런 생각

아래서 위로 하늘이 갑자기
절벽처럼 곤두서고
그 중간에서 튀어나와 발기한
굴뚝 끝에
까만 깃발이 펄럭인다

웃고 있는 묘한 새처럼

전쟁이 앳된 혁명을 겁탈해
못난 이념을 낳고
해골이 찌그러진 사상은
아랫배가 답답해
사창가를 기웃거린다

볼기짝 양쪽은 닮아서 서로 부끄럽다

새빨간 스카프를 칭칭
목에 두른 정신이
허공에 대고 꽥꽥거리다가
노란 잉크를 거푸 토한다
또 실수

옛날부터 개똥철학이 있었다

수다

내가 계속 그대와 만나려고 하는 건 그저 자고
싶어서만은 아닌 것을 그대도 알지만 나는 여전
히 그대와 자고 싶은 이유가 가장 큰 것이라고
믿기 때문에 그대로 말할 수는 없어서 그대에게
거짓말을 하게 되고 그대는 내 거짓말을 알면서
도 그것을 진실인 척 받아들이는 척 눈 감았다 떴
다 숨바꼭질을 벌이다가 지쳐 솔직해지고 싶은
마음이 들지만 솔직하게 할 다른 이야기가 없을
것 같아서 그렇다고 그냥 자자고 하기도 멋쩍고
해서 또 거짓말을 하게 되고 이렇게 거짓말의 가
지가 자라고 또 자라 사슴뿔처럼 모양을 다 갖
춘 다음 그대와 내가 사랑을 이렇게 계속 거짓말
로 공모해 가는 것은 그대와 나의 사랑이 분명
사슴뿔만큼 커다란 이유가 있기 때문이라고 믿

고 싶은데 그래도 우선 자고 싶다는 생각이 사랑
을 방해해서 자는 것과 사랑이 같은 것이라고 꿰
맞춰 보려고 하지만 잘 되지 않아 역시 사랑은 사
랑인가 보다 하고 체념했다가 막무가내로 같이
자고 피나도록 할퀴고 헤어졌다 다시 만나 무슨
말을 건네려 해도 민망하여 그대를 만나 자거나
자지 않거나 그건 별 차이가 없다고 다짐하며 그
런저런 이야기를 길게 나누고 싶으나 그때마다
그대는 만나 주지 않고 나는 나대로 사정이 생겨
이런 사랑은 안 하느니만 못하다는 생각까지 하
게 되고 결국 사랑이 이런 식으로 완성되는 것인
가 어처구니없게 여기며 그대에게 이제 그만 헤
어지자는 말을 하려고 만났다가 그 말을 하지 못
해 그대와 나의 사랑이 다시 이어져 내가 계속 그
대와 만나려고 하는 건 그저 자고 싶어서만은 아
닌 것을 그대도 알지만 나는 여전히 그대와 자고
싶은 이유가 가장 큰 것이라고 믿기 때문에 그대
로 말할 수는 없어서 그대에게 거짓말을 하게 되
고 그대는 내 거짓말을 알면서도 그것을 진실인
척 받아들이는 척 눈 감았다 떴다 숨바꼭질을 벌
이다가 지쳐 솔직해지고 싶은 마음이 들지만 솔

직하게 할 다른 이야기가 없을 것 같아서 그렇다
고 그냥 자자고 하기도 멋쩍고 해서 또 거짓말을
하게 되고 이렇게 거짓말의 가지가 자라고 또 자
라 사슴뿔처럼 모양을 다 갖춘 다음 그대와 내가
사랑을 이렇게 계속 거짓말로 공모해 가는 것은
그대와 나의 사랑이 분명 사슴뿔만큼 커다란 이
유가 있기 때문이라고 믿고 싶은데 그래도 우선
자고 싶다는 생각이 사랑을 방해해서 자는 것과
사랑이 같은 것이라고 꿰맞춰 보기도 하지만 잘
되지 않아 역시 사랑은 사랑인가 보다 하고 체념
했다가 막무가내로 같이 자고 피나도록 할퀴고
헤어졌다 다시 만나 무슨 말을 건네려 해도 민망
하여 그대를 만나 자거나 자지 않거나 그건 별 차
이가 없다고 다짐하며 그런저런 이야기를 길게
나누고 싶으나 그때마다 그대는 만나 주지 않고
나는 나대로 사정이 생겨 이런 사랑은 안 하느니
만 못하다는 생각까지 하게 되고 결국 사랑이 이
런 식으로 완성되는 것인가 어처구니없게 여기며
그대에게 이제 그만 헤어지자는 말을 하려고 만
났다가 그 말을 하지 못해 그대와 나의 사랑이
다시 이어져 내가 계속 그대와 만나려고 하는 건

유행가

비가 오시는 날
밤이 무더워
발가벗고 그대 얼굴을 생각한다

오는 비
내리는 비
그리고 밖에 머무는 비
그대는 나를 원망하겠지만
나는 죄가 없네

내 사랑은 임시방편이야
건축 공사장 가설벽
빗물에 젖어 찢어지는 포스터처럼
그대는 결코 모를 거야

내가 나를 사랑할 줄 몰라
그대 사랑하는 것을
비가 오시는 날

그런 날

그런날오래간만에만난심심한남자와여자는대
낮부터소주를마시기시작해서자정이지나도록한
골목에서술집을몇차례바꿔가며새벽까지마시다
취해사람은원래외로운거야막울기시작하며아니
야난외롭지않아고집부리다입맞추고여자가헝
클어진머리카락사이로남자의작은얼굴을밀어내
다다시껴안으며오해하지말아요나도바보는아
니야싱갱이하다노래방앞에서헤어지고그런날추
운아침오래간만에만난초라한남자와여자는별
로갈데도없어해장국집에서다시소주를퍼마시기
시작해서벌건해가하얗게될때까지계속마시다가
인생은후회때문에산다고말하자이새끼야인생
은미련때문에사는거야소리치며골목길에서택시
를피하려다진창에쓰러진남자는여자의손을잡

고일어나려다한숨을쉬고그런날오래간만에만
난멍청한남자와여자는갑자기서로눈속을들여
다보며불쌍하다고길바닥에그대로퍼질러앉아
통곡하고느닷없이오늘새벽발가벗고곁눈질하
는죽음을보았어하고말하자걱정마내가쫓아줄
게당신을건드리진못할거야당신은벌써몇번갔다
가돌아왔으니까천만에이제부터당신은내애기로
살면돼영원히애기처럼

그런날오래간만에만난무심한여자와남자는변
두리맥주집에서만나구름속에서가시나무들이서
로얽히듯여러개의팔로포옹하는꿈을꾸다가서
로밀치고기대면서비틀비틀걸어나가그런날한참
만에만난정말넋나간남자와여자는바람부는화
장실옆계단아래쭈그리고앉아세상에아무이유
가없기때문에헤어질수없다헤어질수없다고세상
에찾아도찾아도없는희한한술집을찾아가기로
마음먹고그런날

그대만 허락한다면

귀신 앞에서도 태연하던 그대
어쩌다 눈물방울을 보인다
그대 헝클어진 머리카락에 나는
매달리듯 기댄다
이 피곤하고
치사하고 더럽게 간절한 욕망

오래 쳐다보다 보면 사랑하게 된다
오래오래 쳐다보면
상심하여
사랑하지 않을 수 없다

이 우연의 그림자
그대의

서늘한 눈빛에 부딪혀
내 운명이 곤두박질친다 해도
괜찮다
그대만 허락한다면

쪽지

짧은 내 인생이 정말 얄팍하고 보잘것없음을 나는 안다 하지만 별수가 없으니 그냥 가던 대로 나아갈 뿐, 지금 내가 지나는 곳이 사막이라면 이제 사막의 끝을 보아야 하는데 보려 해도 보이지 않는다 끝이 보이지 않음을 사막에 탓할 수 없듯, 내 인생이 막바지에 이르렀다 해도 그 마감이 보이지 않는데 그것을 보자고 마음을 재촉할 수는 없는 일

천박함, 내 인생의 천박함
희망이 있는 것들은 제각기 배를 타고 떠난다 나는 희망이 없었기에 그저 떠나는 배들을 배웅할 따름

훈수 안 받고

인생을 두 번 살 수 있다면
정성스럽게 한 번
그 다음은 엉망진창으로
천치바보팔자를 그래서
우주 전체에 증명할 수 있다면
오장육부 터져나가도 좋다

한 번만으로도 족하다고 너는
큰소리치지만
나는 안 그렇다
열 놈의 욕심만큼 욕심이 크다
생각하는 것도 무지 많다

이를테면 노래하는 자의 무아경

혼신을 다하면
산들이 춤추고
노을이 뒤집히고
바다가 미치는 게 보인다

인생을 두 번 살 수 있다면
악마의 노름빚이라도 내어
정성스럽게 한 번
다음은 엉망진창으로
좆나발 같은 훈수 안 받고

이야기처럼

혼이 빠져나간 남자
빨간 꽃일 뿐인 여자
이름 모를 산비탈을 같이 오르다
중턱에 멈춰
아래를 내려다보다

저승처럼 아득한 바다
우리 저 위로 날아요
귓속에 대고 꽃잎이 속삭이다
안타깝게 껍데기가 애원하다
정신 차려 제발

문득 깨달은 듯 함께
몸을 날리다

잠깐 어이없게 떠 있다가
그대로 떨어지다
정말 아무것도 없어

희망

절벽 사이 좁은 길이 빠져나가고
내리막은 더 가파르다 열린
틈으로 일렁이는 파도가 보인다

누가 빨리 죽고 싶어 몸부림치겠나
그냥 쓰러져 기다릴 뿐
요행 병신 꿈이라도 꿀 수 있다면

잎사귀들이 이웃 잎사귀들과 교섭하고
가지들은 헛된 약속으로 얽혀
나무 한 그루가 벼랑 위에 탄생하다

그렇게 나무 전체가 거짓말이다
그 그늘에서 미친 아이는 편히 잔다
발 아래 파란 구멍이 뚫려 있고

낭패

나뭇가지들이 찢어져 피가 흐르고
연단에서 목사는 발악한다
미친놈
그래
네 이야기가 다 맞아
졌다 졌어

태양이 골목골목 구걸하고 다닌다
믿어지지 않아
세상이 그래
다 접어
잊어버려

개천에 헛소문처럼 해골들이 나뒹군다

눈감아
없어
아무것도
언제 하늘에 먹구름이 뭉쳤다가
흩어지고

웃는 구름

긴 시멘트 블록 담
바로 위
시퍼런 하늘이 올라앉아 있다
목욕탕 굴뚝이 그 하늘을 딱 절반으로 가른다
오른편엔
흰 구름이 입을 크게 벌리고
웃는 중

결론

원통형 벽돌 굴뚝이 흰 연기를 내뿜으며 한참
서 있다

역설

큰 기둥이 허공에 똑바로 누워 있다

약속

사랑받으려고 이리저리
헤매는 여자는
나이 먹지 않는다
애처로움
수다

말 막힘

이제
너하고 할 수 있다면
이야기를 나눌 수 있다면
꽃에 대해
꽃잎
꽃가지

또는 귀신

플랫폼

건너편 사람들은 전부 행복해 보인다
그쪽 전철이 먼저 도착했으니까
이쪽 인생들이 모두 처연하다
저마다 시꺼먼 지옥을 품고 기다린다

역광(逆光)

건너편에 있는 것들은 죄다 도깨비다
그쪽 바람이 더 어둡고 사나운가 보다
검은 둔덕들이 모두 이쪽을 향하고 누웠을 때
갑자기 햇빛이 등을 돌린다

미친 동화(童話)

연약한 마음은
열 개의 문이 있지만
그것들을 다 열어젖혀도
나갈 데가 없다
보이는 것이 없다
짐짓
불안해진 도로 따위가
앞쪽으로 길게 뻗쳐 있지만
움직이지 못한다
실패한 섹스처럼
주저앉음
제자리
임금님이 망루에서 하염없이 울고 싶다
막내 공주가 완전히 돌았다

모든 이가 열네 살에 꾸는 꿈이
모든 이의 평생 저주가 되어
온 세상을
지옥으로 만들고 있으니
모두 미쳤다
모두 미쳤기 때문에
같이 산다
신난다

교훈

길바닥에 껌처럼 붙은
가래침이
한 운명을 좌우한다
그 정도로
인생은 별것 없어
가을 되면 오싹해지고
겨우내 을씨년스레 지내다 보면
황당하게 봄이 돌아오고
또 여름이 가고
그처럼
매번
허공에 열리는 교실에서
죽어라
뜻 모를 단어들을 배우고

또
배워야 사는 우리는
항상 헛것을 본다
익숙한 일
늘 당해 오던 것
우리를
숫제
바보등신으로 만드는 주인님, 하느님
맙소사 또 배워야 한다니
세상은 살 만하다느니
인생이
별것 아닌 것이 절대 아니라니
심각하고 진지한 것
너절할 정도로
고귀한 것이라니
맑은 영혼
정신
얼이라니
정액
똥
고름 따위는 아니라니

길바닥에 우연하게 떨어진
가래침이
절대 아니라니

테러

저 뚫린 구멍은
밖으로 나가는 문이 아니다
어두운 벽 복판에 비친
환각일 뿐

발목이 걸려 넘어지는 큰 마당을 지나
아찔하게 높은 기둥 위
말 대가리를 보고
처음 공포를 느낀다

커다랗게 소리내며 말 이빨들이 웃는다
내가 원한 것은
쾌락의 하천이 아니라
자유

신비

거룩하신 예배당이 폭삭 무너져
핵폭탄 맞은 자리가 될 때
비명
저주 욕설 푸닥거리 한숨
다시 한번 신음 저주 푸넘 울부짖음
취한 쥐새끼들의

원망
네온 십자가에 흐르는 핏물
칠성판 같은 예수의 등에
식칼이 내리꽂힐 때
기절 소란 웅성거림
찬송가

인더나잇
아이러브 러브호텔
섹스가 달동네 소녀들을 유혹할 때
아파트 동산이 통째로
우주선 안으로
승천할 때

아픔

피아노곡을 듣다가
갑자기
참을 수 없는 마음

너는 아직
깨어나지 않고
노란 작은 새가 유리 창가에서 노는
봄날

큰 별자리

병약한 아내와 딸이
웃는 얼굴로
밤하늘 별자리에 높이
떠 있다

두 팔로
껴안아
내리고 싶지만 그냥
바라본다

먼지처럼

내 몸이 그저
아픔으로 이어진 뼛조각들이라면
내 마음이 한낱
꿈에 고인 핏물 같다면
다 내버리고
사는 핑계나 설계 따윈
집어치우고

먼지처럼

언제
돌멩이 풀 모래
구름 따위와 수작할 수 있을까
바람이 능선과 비벼대는 곳에

그대로
누워

미련

하늘 사방에 구멍이 펑펑 나도
꿈쩍하지 않아
평생 만나려 해도 어쩔 수 없던 것
이제 만날 수 있다면

바다 위로 해가 둥실 떠오르고
새파란 아기 동산들이 가지런히 서도
아쉬운 건 아쉬운 것
지우려 한들 지울 수 없는 것

도대체 무얼 잡으려 했지
도대체 무얼 찾으려 했지
알면 뭐 하나
이제 상관도 없는걸

그냥 간다

이 어처구니없는 땅에 다시 살며
시 몇 편을 더 쓰려고 안절부절못하다가
그냥
떠나가는 것들을 본다

계절이 바뀌면 새들이 이동한다
산도 꼭 움직여야 한다면
그때는 움직인다
남아야 할 건 어김없이 남고

그런데 간다 이유 없이
가로수들이 떠나고 길이 떠나고
집들도 떠난다
무슨 운명이 쫓는 것도 아닌데

노을과 구름이 한꺼번에 몰려간다
막 간다
뒤돌아보기도 귀찮은지 그냥
가네

반쪽 세상

뇌경색으로
칠판 위 글씨가 지워지듯
오른쪽 뇌가 날아가 버리고
나는
여전히 서 있다 낙뢰 맞아
반만 남은 조각상처럼

왼쪽엔 아무것도 없다
무얼 보더라도 망가진 뇌가 무시해 버리니까
보지 않는 것과 같고
설령 뭐가 있다 쳐도 내겐 없는 셈

의사는 왼쪽을 조심하란다
아무것도 없는 것 같아도 무언가 있을 수 있으니까

왼쪽에 벽
왼쪽에 기둥
왼쪽에 탁자
어쩌다가 절벽도 있다
그리고 막막 허공도

망연(茫然)

큰 잎사귀들
한 바람에
일제히 흔들려
그늘 얼룩진 사이 멍하니 보니
그저

흐리지도
맑지도 않은 하늘

언어 연습

책 속에 벌레가 있다
하늘의 기억에 구멍이 났다
안개 속에 피멍이 점점 커져 간다
이해할 수 없는 일

더욱더 이해할 수 없는 약속
그 사이에서
새 말들이 생겨난다
아니에요

사람은 원한으로 사는 게 아니라
희망으로 사는 거예요
저건 돌이에요

그냥 돌
저건 집이에요 그냥 집
저건 구름이에요 그냥 구름
구름

미발표 시

...

어제 그 많던
꽃 속의
금원에게

...

헤어지자고
인사하지 않아도
저절로
헤어지는 것처럼
글자 하나
안 적어도
긴 편지를
벌써 써서
흰 봉투에
넣은 것 같이
깜깜한 땅속
푸르스름하게
썩어 가는
시체처럼

아득하게
동트는 새벽
생각할 것 없으니
보지 않고
듣지 않고
볼 것
만질 것도 없으니
꿈도 꾸지 않고

오늘

새로 메모를 할 거야

오늘은
다 잊어버렸으니까
다시 기억해내서
다시 잊지 않도록

맞아요 난 당신이에요
내가 당신을
오래오래
쳐다보아서

뚫어지게 보아서
당신이 내 눈을

똑바로 보아서

아니 내가
당신이 된 것 같아요
혹시 당신이 난가
내가 당신
당신이 나인 것 같아요

맞아 당신 거울에
내가 비친 것 같아요
당신이 커다란

거울에 비친
나인 것 같아

내가 처음 보는
당신은 나예요
맞아
난 당신이에요

물론 없어요
기억이 없어요
다 지워졌어요
나도 없고
당신도 없고
사진도 없고
거울 따위도 없고
마지막도
처음도 없고

물론
내일 같은 것도
없어요
몇 년 만인가
오늘인가

불가능하다면

아예 불가능하다면
만약 정직한
자본주의라는 게
도저히 존재할 수
없는 것이라면
세상을 있는 그대로
굴러가는 대로
받아들여야 돼
자본주의가
폭력이고 야만이고
부정직할 수밖에 없다면
그 불변의 철칙을
무시해서는 안 되지
무시한다고 말해도 안 돼

언제 어디에서도
안 된다는 걸
확인하고 나서도
그걸 뜯어고치겠다고
모자란 놈들처럼
설레발칠 수는 없지
그래서 역사에서
배운다는 말도
사실 내용이 텅 빈
헛소리인 거야
역사라는 건
끝없이 반복할 뿐
변화가 아니라
지겹게 반복할 뿐
혁명 따위는 우리가
모르는 곳
우리가 떠난 곳
알지 못하는
시간 속에서만
일어나
지금 우리가

두 눈으로 보는 것이
진짜도 아니고
가짜라고 할 수도 없고
어쨌든
역사교과서는
언제 누가 써도
틀려먹은 거야
눈으로 본 것
말하는 걸
글로 옮겨 놓는다는 게
첨부터
황당한 짓이야
역사라는 건
죄다 구라야
뻥치는 이야기
처음부터
빗나갈 수밖에
그걸 우리는
진보라고 믿고
천치들처럼
거지 떼들처럼

사회주의도
자본주의도
심심풀이
껄렁한 이야기
삼류 역사소설도
조폭영화나
추리소설처럼
가끔 재미는 있어

사막의 그늘을 보며

가령
스쳐 지나가는
어떤 나날
사라져 버린
지평선 위
뭉게구름
또 구름 한 시대
이어 지나가는
또 한 시대
우리가
뜻도 알지 못한 채
마구 역사라고 불러 왔던 것
수없이 피 흘리고
죽어 간

말 없는 노예들
그 아들 손자
가족들까지
대를 이어 가는
비참한 행렬
가는 그림자들마저
깡그리 소환해
멀리 가 버린
모든 과거는 다만 고통
기억은 거친 사막
붉은 황무지 위
띄엄띄엄
꺼멓게 죽은
나무기둥들
또는 검은 천막
뒷날까지
돌덩어리로
남을 의혹
과연 내일
그것도
과거라고

태연하게
인정할 수 있을지
아니면
무지 맹목 속에
마지막 발버둥 친
흔적일 뿐인가
그늘 쪽 어디엔가
혹시 깊숙한
비밀 같은 구멍들이
숨어 있을지도
이미 오래전
이름조차 까맣게
잊었던 애인이
느닷없이
다시 찾아와
철 지난
사랑을 고백하듯
도대체 이게
무슨 영문인지
부패한 시체
개천 주변

사방에
뒹구는 뼈다귀 해골
나무토막 돌멩이
자갈 철근 폐자재
족보 화장지 문서
쓰레기 썩은 창자
토사물과 함께
갑자기
올라오는 건
웬일일까
가난과 나태
부패에 찌들어
두엄더미처럼
물렁물렁해진
고향 따위가
부풀어 오른
종기처럼
다시 생각나다니
국가의 이름으로
처단할 것이
아직 남아 있던가

불가능 철학

꿈을 꾸고 난 후
생각이
잠시라도
거기에 머물지 않고
곧이어 다른 것을
생각할 수는 없어
열차처럼 생각들을
한 줄로 꿰어
밀고 나가는 것이
공룡화석을 보고
곧 살아 있는 공룡을
상상하는 것처럼
자동적으로
이루어지는 일은 아니야

먼저 머릿속에 들어와
자리잡은 생각은
아무리 유치한
형이상학이나
망상이라 하더라도
그냥 쫓아낼 수는 없어
모든 것은 다만
습관과 관성의 문제야
처음부터 끝까지 전혀
개똥철학이 아닌
순수철학이
불가능한 것처럼
조금도 꿈꾸지 않고
생각한다는 건
있을 수 없어

쓸데없는 시들

망가진 인형 같은 내 몸
멍청한 가면처럼
웃는 얼굴
지난 삼 년 동안
이따금
아이폰을
만지작거리며
끄적거린
구절들을
한데 모아 놓고
이것들도
시라고
할 수 있을는지
생전에

225

시집이라는 걸
다시 낼 건지
몇십 개 안 되는
단어들 머릿속
거울 위에 늘어놓고
퍼즐처럼 이리저리
짜 맞추느라
궁리하는 것도
화가 나서 힘든
시간을 보내는데
도움이 되긴 했지만
이 쓸데없는 시들

마지막 긍지일는지

한참 전에 앳된 나이로
죽은 한 시인은
질투는 나의 힘이라고
노래했었는데
지금 나는 분노가
나를 살리는
최소한의 에너지라고
여전히 믿는다
우울증의
뻔한 징후지만
분노는 아직
내가 살아 있다는
초라한 표지이기도 해
어쩌면 자신의 묘지를

미리 가꾸어 주는
마지막 긍지일는지도
꼭 그럴 것도 없는데
바깥에서는 혐오스러운
군중의 정치가
여전히 우리 삶의
윤리학이라고
일러 주느라
변덕스럽게 바람 부는
2014년 초 겨울

표지 없는 책

시대와 아무
상관없이
장소 불문하고
이유도 없이
뭐라 해야 하나
이걸 뭐라고 할까
저절로
없어져 버린
그냥 비어 있는
그저 없는
그만 사라지고 만
먼 언덕 위의
옛 정자를
바라보는 듯

착각인가
무심하게
이어지다가
길이 이어지다
길이 다시
사라지듯
생각이 계속되다 말다
말이 끊어지면
생각도 없어지고
허공도 사라지고
단어들이
뿔뿔이
흩어져
아무 생각도 없는 듯
재수 드러운 날

날씨도 기분도
거지 같아
그냥 길을 가다가
만만한 놈 만나면
그저 마구 욕이나
퍼부어 주고 싶은데

표지 없는 앨범

앞뒤 양쪽
검정색 표지가
다 떨어진
사진 앨범

황량한 바다

구름 한 점 없는
하늘

정체불명의

이름 없는 배

일렁이는 물결 위
낯선 궁전 그림자
가파른 암벽 위
빨간 페인트로 씌어진
어지러운 글씨

눈밭 위의
이름 없는 나무들
겨울 강가

서서 생각하는 사람
혼자 앉아 있는 사람
어두운 굴 속
둥근 계단
그림엽서
서 있는 말

기차
모래사막인가

오번 건물

두 남자
한 여자
물 위를
뛰어가는 가족
자동차 극장
코카콜라
잠자는 소녀 둘
줄 서 있는 무리
배에 가득 탄 사람들

두 여자의 나체

결손 가정

웃고 있는 아기

모든 것은
화장실 가서
항문을 닦는 것으로
끝났다
아주 끝났다

아주 아주
화장실 문 닫아
잊지 말고 문 닫아
뭐가 끝났다는 건지

평등사회

휴일에는 모두
일제히 배낭 메고
산에 올랐다가
해 질 녘
순례자들처럼
줄지어 하산해서
함께 소주 나눠
마시고
같이 뜨거운 라면 먹고
새로 지은 격투기장
관리인을 뽑으려고
순서대로
한 줄로 선다
제일 흉악한 놈 골라

우두머리로 모시려고
층계 아래쪽
엉거주춤 앉아 있던
두 인간도
무거운 그림자를 일으켜
부패한 나라의
저녁놀을 바라보는 척
과거를 매장하려 해도
기억이 시체처럼
썩어 버리거나
고름처럼 그냥
녹아 버리는 건 아니야
망각 속에 통째로
머리부터 꼬리까지
파묻어 버리기 전에는
없어지지 않아
과거라는 괴물은
생각보다 훨씬
명이 질긴 거야

무심하게

길이 이어졌다가
다시
사라지듯
생각이 계속되다 말다
말이 끊어지면
생각도 없어져
허공도 없이
단어들이
갈 데를 잃고
그만
무심하게

마음이라는 것이

마음이
흐린 연못처럼
그림자들이 서로 엇갈려
표면을 만들고
가시철망처럼 비추이는
탁한 물속에
쓰라림 아픔 응어리
분함 미움 고통이
가라앉거나
시간이 흐름에
저절로 풀어져
사라질 수 있을까
아니 어두운
물은 원한을

삼킬 수는 있어도
녹여 버릴 수는 없어
한번 생겨난 것은
없어지지 않아

죽은 친구에게

헤어지자
말이 없이
저절로
헤어지듯
만나자는
약속 없이
다시 볼 수
있을까

2013년 10월 15일

최민

불가능은 없는 것 같아도

없는 것 같아도
가능할 수도 있어
벌건 두 발이
누런 똥물 속에
잠겨 있는 것을
똑바로
내려다보면서
사방으로 햇빛
가득 넘치는
푸른 바다 위
하얀 등대처럼
자기 혼자
빛나고 있다고
착각하는 것도

불가능하지 않아
눈만 감으면
보지 않으면
가능한 것을
꼭 불가능하다고
말할 필요는 없어

세상은 가혹하지만
황당한 우연도 너무 많고
짐승들은 제각기
자기 운명을 잘 견디고 있어
인간들도 짐승이나
나무나 풀처럼
쓸데없는 생각
하지 않고
살아야 해
서로 죽이지만
않으면 돼
죽이지만 않는다면
죽지만 않는다면
각자 제멋대로

착각 속에
영원히 살아도
괜찮아
예전에 승천한
신선의 말이 맞아
불가능해 보여도
꼭 불가능한 건 아니야
처음부터
불가능한 건
세상에 없어

계급 투쟁의 사본

마르크스는 인류의 모든 역사는
계급 투쟁의 역사라고 말했어
계급 투쟁이라는 단어가
꽤 멋있게 들리지만
사실 그 뜻이 애매해
그것보다는
다음과 같이
풀어서 말해야 할 거야
그래야 더 그럴싸한
이야기가 될 수 있으니까
가라사대
인류의 모든 역사는
싸움에 이겨
권력을 독차지한

힘센 것들이
싸움에 진
힘없는 것들을
무자비하게 죽이고
빼앗고 강탈하고
말 안 들으면
다 죽이겠다고
끊임없이 협박하며
영원히 부려 먹으려는
유혈과 잔혹으로 얼룩진
공갈과 협박과
살육의 연속이야
벤야민이
쉽게 잘 말했어
문명의 역사치고
야만의 기록이
아닌 것이 없다고
사실 공자도
순 야만이지
그래서 공자 묘에선
오래 썩은 피 냄새가 나

그래서 갈 때마다
매번 기분 나빠
생각만 해도 소름 끼치지
까마득한 요순시대 이래
죽기 살기로
전쟁이 끝나면
수많은 포로들의
두 눈알을 사정없이
칼로 찔러 순식간에
모두 장님으로 만들어
노예로 부려 먹었다는 건데
글쎄 거기서
한 글자 백성 민 자가

시는 아니야

사실 이런 게 시는 아니야
단어들의 우연한 조합일 뿐
시는 아니야
뭣하러 시간 들여
시를 만들려고 하지?
나도 잘 모르겠어
그냥 심심해서 그냥
심심할 때 언어 갖고
놀 수 있는 방법이니까
그러는 건지
단어 짜 맞추기 놀이나
시 쓰는 거나
대충 비슷한 거야
잡념 없이 한 가지에

몰두할 수 있으니까
정신 건강에 좋다니
다른 것들은
다 잊어버렸다는 거지
무엇이든

잊을 수 있다는 건 괜찮아
시간의 파편들이
바로 단어야
부스러진 조각들을
이리저리 꿰맞추면
시가 한 편 만들어져
그런 식으로
시는 혹시 인생의
교훈이 될 수도 있을까
그렇게 생각하면
마음 편하지

true blood ㅇㅌㅈㄴㅁ
you believe
true blood

blood

blood

blood

힘껏

힘껏 빨아 줘

있는 힘껏

blood is true

blood

blood

blood

뱀파이어들은

실제로

있는 거야

그건 살아 있는

죽음의 은유야

다시 확인

살다가
좌절하다 보면
입에서 저절로
욕설이 튀어
나오게 되어 있다
세상은 그저
가혹 잔인할 뿐
비열하게 사는 인생 역시
정직한 삶이야
싸움에 진 놈은
사회에서 살
권리가 없으니까
말할 자유도 없지
인간은 치사하고

비굴한 동물이야
비할 데 없이
더럽기도 하지만
동물원 우리가
아무리 넓다 한들
우리는 어디까지나
우리고
같은 동물끼리
같은 종끼리
비비적거리며
같이 살기엔
역시 비좁아
철책 사이로
푸른 하늘이
조금 보인다고
절대 자유로
착각하지 마
마음이라는 건
정체 모를
유령들이 스쳐
지나가며 각기

자기 그림자를
던져 넣는
탁한 연못일 뿐

...

꿈은 사막이에요
꿈은 끝이 없어요
끝나는 데가 없어요
지평선이 없어요
사막이에요
그저 사막이에요
사막을 걸어요
사막 속을 걸어요
끝없이 걸어요
끝이 없어요
헤어지자
굳이
헤어지자고
인사하지 않아도

저절로 헤어지는 것처럼
아무 말 하지 않아도
벌써 긴 편지를
멀리 보낸 것같이
생각할 것 없으니
생각하지 않고
꿈은 사막이에요
끝나는 데가 없어요
철거된 달동네 언덕은
사방으로 사막이에요
끝이 안 보여요
지평선이 없는 꿈은
사막이에요
그저 사막이에요
사막 속을 걸어요
끝없이 걸어요
끝이 없이

굳이 헤어지자고

헤어지자고
인사하지 않아도
저절로 헤어지는 것처럼
글을 안 쓰고도
다 써 놓은 것 같은 느낌
생각할 것도 없으니
생각하지도 않고

거짓말을 안 해요

그림자들은 거짓말을 안 해요
말을 하지 않으니까요
아니에요 말 못해도
얼마든지 거짓말할 수 있어요
거짓말할 수 있어요
거짓말
할 수 있어요
아무 말도 하지 않으면 돼요
말하지 않으면
그대로 거짓말이 돼요
저절로 거짓말이
사방천지가
온통 다 거짓말로
뒤덮여 있으니까요

거짓말들이 하늘 꼭대기까지
가득 차 있는 세상에서
굳이 거짓말 필요 없어요
안 해도 돼요
할 필요 없어요
입 다물고
가만 있으면
저절로 거짓말이 돼요
그림자들은 다
그걸 알아요
그래서 그림자들은
늘 조용해요
그냥 입 다물고 있는 거죠
이 거짓의 세상에서
애써 거짓말하려 하지 않고
말이 없이

상상할 수 있는 것보다

내가 상상할 수 있는 것보다
이 좁은 세상에
빈자리 하나 남기지 않고
온갖 물건들 가득 넘쳐 나는 이 세상에
내가 싫어할 수밖에 없는 것들이
내가 상상할 수 있는 것보다
훨씬 더 많이 있을 거야
내가 잘 알고 있는 것들 가운데도
보고 있지 않기 때문에
듣고 있지 않기 때문에
잊어버리고 있기 때문에
존재하는지 아닌지조차
헷갈리는 것들이
많이 있을 거야

도대체
세상이 존재하는지 아닌지
생각하지 않기 때문에
무시하고 있기 때문에
세상에 어떤 것들이 존재하는지
존재할 수 있는지
관심이 없기 때문에
잠을 자는 동안
어둠 속에서
계속 똥이 생산되고
그 똥이 돈이 될 수도 있다는 건
알고 있지만
내가 그것을 싫어할지 아닐지
아직 모르는 것들이
세상에 얼마나 더 있는지
미지의 것이 다 좋은 건
아닐 테지만
다 나쁜 것이라고
단정할 수도 없다면
그것과 우연히 마주치게 될 때
내가 어떤 표정을 짓게 될지

잠깐 나가 줄래

잠깐 나가 줄래
밖에 있을 데가 없는데
지금 몇 시야
깜깜해
상처는 상처대로
남겨 두어도 돼
영영 아물지 않아도
어쩔 수 없지
하늘은 파랗고
바람은 차다
옛날 아주 높은 탑이 있어
온 세상을 지배하고
시간을 길들이고 있다
버림받아 피 흘리며
탑 아래 쓰러져 있는 나

사람은 제각기

사람은 제각기
원하는 것을 얻고 말지만
정말로 무엇을 원했었는지는
죽은 다음에야 알 수 있어
누구나 자기가
상상할 수 있는 것만 생각해
상상할 수 있는 것 이상을
생각할 수는 없어
그 이상 그 너머를
생각하려 하면
돌아 버려
미쳐 버리는 거지
나뭇잎 위
자벌레의 움직임은

하나하나
분명해 보여도 뭐라
이름 지을 수 없는 거야
달팽이의 궤적처럼
방향을 알 수 없는 거야
말이 끝나 소리가 다
사라져 버리기 전에는
결코 그 의미를 알 수 없어
방황하는 내 하얀 여자
바틀비는
인어의 검은 머리채를 하고
지금 지구의 어느 구석에
몸을 뉘여 졸고 있을까

우주설계

지금 어쩌자고
바보들이 비틀비틀
허공에 떠 있는 맨 손가락
어지럽게 돌아가는 세상
돌도 늙는다
세월이 지나면
사람뿐 아니라
돌 역시 못 견디고
썩기 시작한다
여자는 결코 남자의
징후가 될 수 없고
남자의 거울도
그의 것이 될 수 없고
남자는 결코

여자의
알리바이가
될 수 없기에
멀리 도망하는
여자의
그림자 끝을
붙잡으려고
대낮에 큰길을
또 달려가고
계속 달려가는 오후
미국 만화는 엄청나
상상이라고는 하지만
스파이더맨이나
초록색 헐크 같은
괴물을 어떻게
생각해낼 수 있었지
미쳤어
싸구려 펄프 종이에
은하계 지도까지
총천연색으로
그려내다니

언어 갖고는
어떤 것도 표현할 수 없어
우리가 착각한 거야
언어는 의사전달 능력이
신통치 않아

쪽지

잘 지냈어요?
시간이 참 빨리 가는 것 같네요.
꽃들도 벌써 다 져 버렸을 것 같아
꿈꿀 것도
상상할 것도 없이
깜깜한 밤 느닷없이
이런 쪽지를 보내다니
그대 생각하며
미안해요
잠이 오지 않아

보이지 않는 것은

없는 거야
보이지 않는 것은
없는 거야
그래 보이지 않으면 없어
맞아 없으면 안 보여

물론 있으면서
보이지 않는 것도 있어
보이는 것들
사이에 끼어 있어도
혼자 슬쩍
빠져 버린 셈이지
이를테면
사관생도 행렬 가운데

엉기적거리는 좀비
아나키스트처럼
군중 속
의문의 죽음
현재 속 과거
기억 속 하얀 공백
네 눈동자 속
검은 태양같이
보이지 않는 것

이 세상엔

이 세상엔
세상엔
이상하게 생겨 먹은
것들이 많다
간혹 예쁜 여자도 있지만
꽃처럼 예쁜 여자도 있지만
괴상한 물건들이 더 많다
이상한 인간들이 더 많다
그래서 재미있다
세상은 그래서 재미있다
한없이 재미있다
제각기 제멋대로 생긴
물건 동물 인간
괴물 또 인간 동물

모두 한데 섞여
어지럽게 움직인다
그것들이 일사불란
모두 나름대로
한꺼번에
살아 움직이는데
재미있지 않아
정말 재미있지
재미있어 없어

정기 운행

매일 오전마다
지하철 안에는
패배자의
얼굴 표정을 한
어두운 인간들만
좌석에 앉아 있다
승리한 녀석들은
지상에서 파란 하늘 아래
서둘러 자기 차를 몬다
꼭 방문해야 할 지도자가
따로 있었을 것이다
도시 전체가 언제
한꺼번에 취소될지
아직 예정에 없는데

노예들 먼저 가득 태운
지하의 열차는
시간표에 따라
정시 정각에
역을 떠난다
각자 스마트폰이
마치 구원의
손거울인 것처럼
반짝인다

68을 거꾸로 보니

68을 거꾸로 하면
바로 89가 돼
지금 여기가 아니라
몇십 년 전 이십세기
유럽 이야기야
평양시 카드섹션
비슷해도 아니야
헛소리 같지만
자유는 착각이야
각자 꿈꾸는 것
착각도 자유지만
포장도로를 들어내면
잠깐 모래사장
비슷한 것도 나타나

수용소는 반도 북쪽에만
널려 있는 게 아니고
남쪽에도 곳곳에
숨어 있지 둘 다
잘 보이지는 않아
헷갈리지만 수용소가
있으나 없으나
굶어 죽으면
총살 당해 죽으나
결국 마찬가지
굶지만 않으면
어디나 천국이야
천국이나 지옥이나
입구는 똑같아
커다란 정문으로
당당하게 입장하면
예수의 허락 따윈
없어도 돼

꿈을 꾸다가

내가 죽는 꿈을 꿨는데

죽지 않고 그냥 살아 있다
다행인가
자다가
꿈을 꾸다 죽으면
누워서 멍청하게
텔레비전 보다가
개죽음하는 거보다
행복한 거 아냐
그냥 죽으면
운영이와 금원에게 미안하지
조금 더 살아야 해
금원과 운영이 우는 건 싫어

죽는 건 의식 잃고
그냥 자는 것이니까
하나도 두렵지 않지만
병들어 드러눕는 건 싫어
아프고 지저분하니까
가령 교통사고 따위로
즉사하는 게
유족들에게는
고통이겠지만
본인은 괜찮을 거야
간단명료하니까
오전 여섯시 반
일어나야 할 시간이야
꿈과 잠과 밤의
어지러운 시간들은
지나갔어
새로운 하루가 시작했어
이젠 삶과 예술을
구별해야 해
장례식장은
사람들로 북적거려

차일 위에 벌써
해가 도착했어 ·

추상개념

헌법
헌법이라니
그런 단어가 있다니

우리가 자유라고 부르는 건
어린 나뭇가지에
줄줄이 매달린
연둣빛 이파리들을
눈부시게 흔들리게 하는
환한 햇살이나
시원한 바람이 아니라
그저 가벼운 농담처럼
다만 불안하지 않고
편안한 느낌

그저 그런 거야
정의도 마찬가지
평화도 그래 사실상
별것도 아니면서
모두 구경하기 힘든 거야
광장에는 정의 따윈 있을 수 없어
하늘엔 절대 평화가 불가능하고
공기는 언제까지나
감옥과 같아야 하는 법

내가 다니는 절

내가 다니는
절
내가 다니는
절은
마음속에
내 마음속에
저절로 있어요
어디 산허리엔가
파란 버섯처럼
멀리 보이는
도깨비집같이
있어요
가만 앉아 있어요
다만 있어요

앉아 있어요
거기 자주 못 가요
갈 시간이 없어요
정말
갈 시간이 없어요
그래도 절은
그대로 있을 거예요
거기 그대로
있을 거예요
스님 하나
없어도
하루 종일
끄떡끄떡 조는
스님은 없어도
내가 찾아 가지
않아도
가지 않아도
거기 그대로

그림자들은

그림자들은
따로따로 떨어져 있어도
외롭지 않아요
외로워 하지 않아요
절대 외롭지 않아요
외로운 걸
혼자 모르는 거죠
혼자니까 모르는 거죠
그래요 그림자들은
외로울 수 없어요
그러면서도 그림자들은
항상 어울려요
어울리고 싶어 해요
그림자들은 항상

서로 섞여요
섞이고 싶어 해요
서로 섞어요
그리고 하나가 되는 거죠
하나가 돼요
그냥 하나예요
그림자들은 다
똑같아요
그림자들은 그걸 몰라요
하나예요
그림자들은 늘
그게 그거예요
늘 비슷비슷해요
하나 같아요
그림자들은
따로따로
떨어져 있어도
언제나 하나예요
그림자들은 도둑질해요
서로 몰래 도둑질해요
서로 속이고 지나가요

서로 엇갈려도 몰라요
알 필요 없으니까
서로 보지도 않고
그냥 지나치죠
눈치채지 못해요
서로 보이지 않으니까
다 똑같아요
똑같아요

잠은 큰 강물같이

천만에 잠은 큰 강물같이
흘러가는 대로
나도 떠내려가는 것같이
어디로 흘러가는지
몰라요 큰 강물같이
천천히 흐르는 강물같이
나는 그 강물 위에
같이 떠내려가는
그림자에 불과해요
어디로 흘러가는지
아무것도 보이지 않고
아무 소리도 들리지 않고
그저 흘러가기만 해요
색깔도 형태도 소리도 없이

없어요
천만에 강물은 없어요
흐르기만 해요

몰라

몰라 그 사람 가족이
한밤중
아무도 몰래
조그만 배를 타고
멀리멀리 도망친 것은
이 세상에서 저지른
마지막 악행이었어
바다는 사막처럼
팻말이 없어
국경도 없어
어떤 나라 경찰도
사법도 통하지 않아
어떻거나
지구 어디에서나

가족 이야기는
각기
나름대로
살아남으려는
조그만 범죄단체의
애달픈
멜로드라마로
인정해 주어야 해
있는 그대로

메트로놈

똑딱이는
똑딱이는 메트로놈
똑딱이는 막대기에
동그랗게 오려낸
눈알 사진 하나
붙여 놓은
놀라운 마법
천재는 어디 갔지?
만 레이는 마술사야
생각을 앞으로
진전시키려면
속도와 박자가
꼭 맞아야 해

하늘도 거울이 될 수 있어

하늘이 거울이 될 수 있어
땅도 거울이 될 수 있고
공기도 거울이 돼
그림자를 던져 놓을
자리만 있다면
모든 것이 다
거울이 될 수 있어
꿈은 그냥 그대로 거울이야
거울이 물속에서
누워서 태어나니까
거울 속에는 방이 여러 개야
그림자들은 죽은 다음
각자 자기 방에 들어갈 수 있어

잘 몰라

잘 모르지만
기억나지도 않지만
아팠던 것 같아
무척 아팠어
화가 났어
그래서
화가 났어
화가 나
아파서 화가 나고
모르겠어
아팠다는 기억은 있고
잘 모르겠어
몸이 아픈지
마음이 그런 건지

알기 힘들어
힘들어
아프니까 힘들어

아프고 힘들어
무척 힘들어

지금 나는
내가 모르고 버린
과거의 미래를
살고 있는 거야
그러니까
이 현재는 사실
과거야
과거는
좌우가
다 안 보이는
절벽처럼 깜깜해

과거의
환한 미래가

현재라고 하지만
현재는 자기가
내버린
과거의 그늘에서
빠져나갈 수 없어

거울을 보지 않아요

거울을 보지 않아요
당신은 거울을 보지 않아요

당신은 거울에 없어요
보이지 않아요
거울에
보이지 않는다는 건
당신이 없다는 거예요
존재하지 않는다는 거야
뱀파이어처럼
없다는 거예요
존재하지 않는다는 거예요
존재하지 않는다고
그래요 없어요

당신은 없어요
존재하지 않아요
그래서 당신은
거울을 보지 않아요
보지 않아요

나 또 이사할 거야

나 또 이사할 거야
연락할게
이사하면 연락할게
연락할게
이사하면서

아침엔
주소가 바뀌면서
주소가 바뀌면서
새가 날아
새가 날아가
얼굴이 달라졌어
달라졌어
달라졌어

아주 달라졌어
시꺼멓게 달라졌어
나 또 이사할 거야
이사할 거야
아침이 달라졌어
매일 아침이 달라졌어
몰라보도록 달라졌어

달라졌어
매일매일 달라져
내 얼굴이 매일
달라지듯 달라져
달라져

우울증

우울

우울증이란
그 대상이 무엇인지
무엇인지
전혀 모르는
증오의 감정이야
증오는 점점
혐오로 바뀌지
그런데
그 이유가 없어
이유가 없어
정말 이유가 없어
아무것도 없어

이유가 없다니
없어
그냥 없는 거야
모르는 거야 아니야
없는 거야
몰라도
그냥 없으면
없는 거야
없으면 없는 거야
알고 싶지도 않아
괜찮아

까만 표지의 책

까만 표지의 책 제목이
위대한 세월인 줄 생각했는데
자세히 보니 의미의 혁명이었다
착각한 거야
이게 무슨 소리지?
그럼 직접 소리로 들으면
그대로 알 수 있다는 거야?
소리가 전부라는
말 아니야?
소리가 없으면
아무 의미도 없는 거야?
그렇다고 봐야지
소리가 없으면
존재 자체가 없는 거야

아예 사라지고 만 거야
더 이야기하고
말 것도 없어
사라지고 만 거지
마치 잠수함처럼
의미 같은 건
처음부터 존재하지 않아

뭔지 알아?

뭔지 알아
넌 내가 뭔지 알아?
나도 내가
뭔지 모르는데
네가 알아?

왜 내가 널
이렇게 미워하게 됐지?
낯선 귀를 잡아 비틀듯
아무 소리 듣지 못하는
이 두 귀는 잡아당겨
뿌리째 뽑아 버리고 싶어
피가 철철 흘러도 상관없어
나를 미워하는 것들

귀신이 되지 못한 것들
푸념 소리나 듣는
이따위는 귀도 아니야
피 흘리는 두 구멍을
붕대로 감싸 매고
얼굴 없는 미라처럼
세상을 저주하며
널 원망하며
낯선 도시를 배회하며
어떻게 이렇게 됐지
내가 왜 이렇게 됐지
어떻게 이렇게
그래 사실 지금 나는
내가 모르고 버린
과거를 살고 있는 거야
그러니까 이 현재는
사실 과거야
좌우가 없는
눈먼 장벽처럼
캄캄한 과거야
과거의 미래가

곧 현재니까
현재는 다만
과거일 뿐
그런데 넌
도대체 넌
어디 있는 거야

깨진 거울

눈앞에
넓은 초원이
펼쳐져 있어
동서남북 사방 다 초록빛
군데군데 작은 못들이
하늘에서 들판 위로 떨어져 깨진
거울 조각들처럼
부서진 하늘을 비추고
그런데 뭐가 하나 보여
한가운데
노란 민들레가
하나 피어 있어
황금빛
작은 꽃

초원의 주인
여왕이야

화가 난 여왕은 천천히
몸을 움직여
검은 동굴을 찾아
어두운 계단을
내려가고 있어
동굴 속에
숨겨 놓은
하얀 괴물을

껴안으려

유령

죽어서 하얀
하늘을 올려다보며
누워 있던 마르크스의
빈자리를 얼핏 보고
마르크스의 유령을
보았다고 소란 떠는
빨간 까마귀들이 있어
낯선 박쥐 떼처럼
퍼덕이는 깃발들
하지만 유령은 형태가 없어
윤곽도 그림자도 없어
얼굴은 간데없고
빈자리만 있는 거야
비어 있는 것이

바로 유령이야
이 마이너스 공간은
신도시 계획도면 속의
사형장 자리처럼
지워지지도
없어지지도 않아
억지는 통하지 않지

당신은 잠자고 있지만
혼자 살아남겠다고
벌거벗고 끝까지
싸우는 유령들
철거된 수용소 자리
집단 유곽 터에
새 피난민들은
마구 쳐들어오고
먼저 또아리 틀고
포주들처럼
행세하는 것들
모두 없는 존재처럼
보이지 않는 것처럼
처음부터 있었던 적이

없는 것처럼
완전 무시하고 싶은데
싸그리 없애 버리고 싶은데
이런 짓거리도 정말 괴롭다
인간이 원래
자기가 무언지 모르는
무지한 괴물이니까
인간적으로
되려 하면 할수록
점점 자기도
처음 보는 낯선 괴물의
끔찍한 본색이
드러나니까
절대 인간이 되려고
해서는 안 돼
사람이 할 짓이 못 돼
인간적이라는 걸

사랑한다는 건
완전 거짓말이야
제발 더 이상
장난치려 하지 마

수록문 출처

pp.15-116: 최민,『상실』, 문학동네, 2006;『喪失』, 民音社,
    1975;『浮浪』, 月刊文學社, 1972(일부 수록).
pp.119-206: 최민,『어느날 꿈에』, 창비, 2005.
pp.209-309: 미발표 원고, 2012-2015.

최민(崔旻, 1944–2018)은 서울대 고고인류학과와
동대학원 미학과를 졸업했다. 1993년 파리 제1대학에서
예술학 박사학위를 받았고, 한국예술종합학교 영상원
명예교수를 지냈다. 시집으로 『상실』『어느날 꿈에』,
산문집으로 『글, 최민』, 역서로 『서양미술사』『미술비평의
역사』『인상주의』『다른 방식으로 보기』 등이 있다.

崔旻 詩
시, 최민

초판1쇄 발행일 2022년 10월 10일
발행인 李起雄 발행처 悅話堂
전화 031-955-7000 팩스 031-955-7010
경기도 파주시 광인사길 25 파주출판도시
www.youlhwadang.co.kr yhdp@youlhwadang.co.kr
등록번호 제10-74호 등록일자 1971년 7월 2일
편집 이수정 최명일 디자인 박소영
인쇄 제책 (주)상지사피앤비

ISBN 978-89-301-0748-8 03810